LOCUS

mark

這個系列標記的是一些人、一些事件與活動。

江佩津 著

卸殼

Uncover the shell

——給母親的道歉信

Prologue

輯一 成、住

輯二 壞、空

END

推薦序

她的背後，是一個時代的景深

李桐豪（作家）

去年十二月三十一日，跨年倒數最後幾個小時，我在公司附近的咖啡館見著了佩津。

在新加坡讀ＭＢＡ的她回來過新曆年，問她新的一年即將來到，可許了什麼新願望？「我不許願，今年發生的事情，讓我對跨年非常恐懼。去年，媽媽得了癌症，跨年的時候，朋友一樣要我許願，說哀傷的一切都會過去的，結果一跨年就來了更大條的……我已經不會對未來有過分的期待，因為不知道接下來會發生什麼事。」

佩津口中講的更大條，是指去年一月一日，罹癌的母親在家燒炭自殺，「我回家一發現，第一件事是在朋友群組講這件事，我丟訊息說，幹，我媽好像燒炭。他們就問還有沒有呼吸？趕快送醫院！我說，硬掉了。」

她說，那時候，警察男友還沒變成前男友，面對這種事，心裡已經有一個SOP，身邊有人陪著，通報、葬禮、拋棄繼承、除戶……後事很快就處理好了。時值農曆年前後，她在母親住處整理遺物，發現一疊發票，有一張發票是她去旗津散心買的波士頓派，消費金額一百五十塊，一對獎，中兩百元，兩相扣抵，賺五十元，她擠出笑容說，這應該是母親給她的過年紅包。

這件事同樣寫在佩津的《卸殼》，該書行文基調，一如坐在我面前的她訴說往事的口氣，淡淡的，冷冷的，情感上自我壓抑、自我克制，甚至有點自嘲，娓娓道來一個家庭的成住壞空。書中交代，小學校園防空演習，小一、小二的女生，認識的字不多，以為「防空警報」該寫成「皇宮警報」，因為童年的記憶跟在皇宮也沒什麼兩樣：她在國賓飯店喝下午茶，穿著品味無懈可擊的母親調教著她的餐桌禮儀，嘴巴含著食物時不要講話、舀湯的順序是由外而內……她像個公主一樣被嬌生慣養著，印象中，家中堆滿禮盒，母親時不時要她拿一盒腰果去學校送老師，或者給同學吃，如此才不失禮數。

母親在娘家家族企業當會計，後來不顧家人反對，和心愛的男人結婚，生下了她。婚後，父親嗜賭，欠下千萬賭債，母親和父親離婚，父親離家，母親一個人開旅行社，事業經營得有聲有色，但後來又幫親人作保被倒債，房子被拍賣，一無所有的母親，流浪在大賣場當清潔工，佩津大學寒暑假最怕回高雄，寧可一個人待在宿舍，怕不知接下來又是什麼奇怪的狀態，「那時候最讓我感到煩心是家裡房子沒有了，我媽跟我借存摺，我拒絕，她很受傷。對我來講，跟我們家裡互動充滿壓力。」

二〇一二年，在台中工地打零工的父親意外身亡，年僅四十八歲。二〇一九年母喪，年僅五十五歲。眼看自己就要滿三十歲了，所謂三十而立，就是一個人佇立在人生的十字街頭，不知何去何從，「一直以來，父母的狀況會讓我很害怕被拖累，我知道接下來我不會再有潛在的風險了，其實有種鬆一口氣的感覺，但同時也告訴自己，從此之後，妳再也沒有人可以怪罪了。這種事情妳很難跟同輩的人講。聽他們抱怨爸媽時的心情是很奇怪的，因為妳不能跟他們說，至少你們還有父母可以抱怨啊。」

無父無母，無牽無掛，自由某種程度跟孤單同義，去年春天，她一個人來到新加坡念商學院，明明生命中最沉重的負擔卸下了，但心裡總是空蕩蕩的？她在課餘把發生在自己身上的事寫下來，一周規定自己寫一篇，想到什麼，就寫什麼，靠這樣的方式度過時間，「以往是不大讓身邊的人知道家裡的事，怕他們知道會很有壓力、會嫌棄，但後來想想也許有人會碰到跟我一樣的事，畢竟這是我們這個年紀很容易遇到的：家中長輩身體有恙，大家的人生都被迫慢下來的，內心的焦慮很多……」家醜外揚，寫成文字，集結成冊，無非是如果你知道發生在我身上的事，那麼有類似際遇的你也許不會這麼孤單，也許會覺得安慰一點點。

佩津和我在壹週刊曾經共事，同樣負責人物採訪的專欄，寫眾生百姓的「坦白講」、寫苦勞大眾的「後來怎麼了」，她學生時期關注社運、學運，做這樣一份工作極有熱忱，她很執著，認真，對人有同理心，某個六百字小人物故事採訪，她打了三萬字的逐字稿。如今角色互換，採訪者變成受訪者，她坦白得驚心動魄，某些段落讀來，不免要在心中深吸一口氣：「這個妳也寫出來？太苦了吧。」她善待他人，但對自己比誰都殘忍，把自己身上一層皮都扒下來，但她並不抒情，也不訴諸同情，出版市場從來不缺家族書寫，但孤女追憶高雄媽媽、台中爸爸的家變往事，她借助社運和學運學來理論，試圖去回應母親下半生對生命的那一句叩問：「我一生沒做壞事，為何這樣？」《卸殼》是做工的人，做工的女人，和她女兒的《俗女養成記》，母女的生命故事背後是一個時代的景深，何以力爭上流的人，最後還是向下漂流，還是翻不了身？

那個跨年的會晤結束前，我感慨因為整本書寫得疏離而冷靜，更不敢去想像那個情感的核爆現場有多慘烈和驚心動魄，努力讓一滴眼淚不掉下來，比公司樓下停車，挪開一輛機車需要更大的力氣，但佩津依舊是淡淡地說：「這是一種保護自己的策略吧，我很習慣把情感都壓抑住。」

「人到後來都會變得很麻木的，不急於去節哀，哀傷不用節制，哀傷是很珍貴的禮物，哀傷不是感冒，不是拿來治癒的，哀傷來臨時，妳要好好感受哀傷的來龍去脈，想哭就哭，妳願意花多少時間在哀傷的情緒，就花多少時間。」當下我想這麼說，但我沒說出口，只是說聲「新年快樂」就互道再見，但在這邊我說了，祝福這本書，也祝福佩津。

推薦序

以書寫贖回

盛浩偉（作家）

我認識的佩津是個有點「倔」的女生。

不是那種尖刺的銳利，也不是那種難以說服的任性。與她相處時，也大都能相互善待、平靜無波，只是，總會在她身上感受到一股堅韌的意志潛藏著。該怎麼形容呢，就好像，當她同意你時，你會不禁懷疑那同意是否為真；而當她不同意你時，你又會知道無論怎麼溝通、說服，最後一定無效——因為那股潛藏的意志，堅韌的意志，有自己獨一無二的方向，卻又不會輕易坦露；一切，只有佩津知道。

佩津是個知道自己方向的女生。真正認識她之前，就曾透過網路恍恍惚惚地聽說過，或許，也在漆黑的ＢＢＳ空間裡以陌生的帳號偶遇過。得過幾個不小的文學獎，持續寫些東西，關注學生自治、社會議題，大概是這樣的印象。而真正認識她之後，沒過多久，就發生了三一八，以及其後一系列的社運抗爭；在那些現場，總是碰到佩津。她就是在那裡，以公民記者的身分，長時間見證著、參與著，沒有虛胖的激情或過度天真的正義感。

我曾好奇她的動力從哪裡來、想要達成些什麼，只是從來沒有好好聊過，也猜她不會簡單就敞開內心。直覺那會牽連到某些很柔軟、很脆弱，旁人難以觸碰的部分。後來，她成為周刊的記者，採訪那些並不光鮮亮麗，甚至有些魔幻荒誕的人生。我知道這並不是一份簡單的工作，尤其要讓受訪者願意侃侃而談，記者除了要有足夠訪問技巧，還得具備一定的同理心和想像力，才能令人卸下防備，道出那些失敗與不堪。溫柔同理四個字講起來很容易，但不曾經歷過某些生命風浪的人，往往只是一廂情願，卻不能切身地引起共鳴。

而讀完《卸殼》，我似乎就有些明白，佩津何以能夠勝任這樣的工作。

大概是，只有祕密可以交換祕密。只有故事，可以誘引出他人的故事。

說起來我與書中所描述的主事件算是共時的。那時候，知道她要離職、負笈海外，還暗自祝福著，卻沒過多久，透過社群網站知道她遇到意想不到的轉折，留學計畫中止、轉而返家照顧母親；再沒多久，又得知她面臨更巨大的噩耗。不幸的家庭各有各的不幸，這句話揭示了不幸與不幸之間彼此不可共量，以及人類的同情共感仍有其極限。在不幸之中，沒有誰比誰更悲慘，只有人人各自面對的獨一無二的情況，其外在的不可抗力，內在的糾結拉扯，內在與外在的交纏影響，都讓事情變得更為複雜、更難以言說表達。細膩記錄下這一切的《卸殼》，遂像是歷劫歸來的通風報信，也或許，這樣的書寫本身，就是求生療癒的嘗試。

雖名為「道歉信」，卻不是針對具體的爭吵、過錯、心結，更像是懊悔，懊悔來不及，「早知道結果會是這樣，當初就應該／

就不該……」然而，在那一字一句冷靜克制的敘述裡，我們卻又可以讀到她當初會這樣那樣，背後必然的原因。離異的家庭，被牽連的龐大債務，她在成長過程裡被迫繼承了母親那種想要扛起所有的獨立性格，卻也帶來了母女關係的冷淡疏遠，就像她在和母親的交換日記裡寫下：「我想起很多時候我過於獨立，是不是讓妳很受傷呢？」在書中讀到如此誠實的字句，第一時間，會意外那是我所認識的，那個有點倔的佩津嗎？但第二時間，卻又好像穿透了那重重不可共量的不幸，瞬間感同身受她所歷經的苦痛、焦急、徬徨，明瞭：啊，是因為這樣，她才寫下這樣的字句。

確實是一次艱難的「卸殼」。殼是抵禦排除，也是防備守護；意味著對外界的隔離，也意外著奮力保住內在僅存的溫暖。家是殼，性格是殼；以書寫卸殼，未必自願，更多的可能是不得不。一旦殼卸家毀，像故意摳去傷口上的硬痂，必須正視沉痛的過往，露出脆弱而柔軟的地方，內在的溫暖散佚殆盡。

可是這樣的書寫，也是用生命經驗贖回自我的過程。收整好淩亂的殘局，明白自己曾經走過怎樣顛簸的軌跡。但願卸下那些排除與隔離之後，能重新迎接外在的良善美好。

祝福這本書，也祝福佩津。

Prologue

坦白講

二〇一二年的五月，我正在聲援死刑犯鄭性澤的記者會中，電話響起，我躲到廁所去，接起電話，電話那一頭的人是警察，他告訴我，我十年來未曾見過的父親剛剛過世了，因為一場工安意外。

二〇一九年，一月初始，推開家門，我找到了母親，她躺在地板上，周邊散布著她的診斷證明書、藥物。空氣中瀰漫著淡淡的煙燻味，我碰觸她，冰冷而僵硬。我知道，她已經離開了。

從那一刻起，我是一個人了。

四十八歲、五十五歲，父親與母親的生命就停在這樣的歲數，而我的年紀從二字頭來到三字頭。

大學畢業後，我換過幾份工作，最後以寫字維生，透過一只錄音筆竊取他人的人生。

很多時候，我並不知道怎麼跟人介紹自己的記者工作，總半開玩笑地說：都寫些妻離子散、家破人亡的故事。因為名人與成功總是那樣遙遠，但只有失敗與悲傷，是我們彼此共有，也終會遭逢。這些受訪者的故事尚未走遠，而這一次，輪到我寫自己了，由我來寫出自己的坦白講。

斜陽

我想起太宰治的《斜陽》，書中的和子以及她的母親。

這一日，我與母親在日本料理店，我看著她細心地拿起一張紙巾，小心翼翼地擦拭桌上的水滴，不願浪費多餘的衛生紙。她揀去烤秋刀魚的魚肝，說是吃了會苦。吃完把碗盤堆疊整齊。我突然有種跟和子一樣的感觸——母親大概是這時代最後一個貴族了吧。

童年的我，在每一個午後，從陽光灑落的和室裡醒來，穿上小洋裝，與母親一起前往福華飯店享用下午茶——喝湯時得要由外往內舀、吃完後刀叉得這樣擺、嘴裡有食物時切勿交談或張嘴——有時，只是母女兩人坐在客廳裡泡一壺花茶，用蠟燭微小堅實的火光來溫暖一個冬天。

這樣的閒適在今日難以遍尋。

一日為貴族，終生為貴族。儘管堡壘已被攻陷，盜匪們巧取豪奪地占地取池，只能帶著隨行包袱退至山上的小屋隱居，貴族的身段仍是會自然地流露出來。

譬如母親總是會顧及禮數，叮嚀我到友人家探訪要帶個伴手禮，又或者是故舊來家裡喫茶聊天時，母親總是在客人的手上堆滿吃的喝的用的。

「他們用得到嗎？」

「哎那都是十分實用的東西啊！」

母親時常向我問起：「學校過得好嗎？家裡有多的腰果禮盒可以拿去送老師啊。哎，這只是一點點心意罷了。」但儘管送出這麼多禮品，房子裡堆疊的贈品卻看來絲毫未減。一棟小小的透天厝，堆疊接天的紙箱總是給我身在堡壘裡的錯覺。

我試圖去撰寫母親的人生，一名女性面對自己人生的爭鬥。家族中的長女在重男輕女的家庭中奉獻青春，叛逆結婚後又旋即離婚，有自己的事業卻替前夫還起賭債，然後為了親人作保而背上巨額貸款。中年失去房子與工作後，做起各種工作維生，作為洗碗工或是清潔人員，她根深蒂固的優雅仍未逝去。

我試圖探尋母親如何在這個世界生存，她情願把人生投注在我身上，正如在一切困頓折磨後，她依舊願意相信這個世界依然美好。

母親垂首低眉的模樣恰似菩薩，當她拿出昨夜餘下的骨頭讓門口的黑狗大飽一頓（而牠已在幾個月前消失匿跡了）、當她語氣堅定卻又不失溫婉地向其他歐巴桑解釋大賣場的運作規則、當她折起我隨意亂丟的衣服並燙上幾條摺線，是如此溫煦照亮一室的幽暗。

那麼是這樣的吧，太陽最美的時刻不過是在日出以及日落，日出我無緣共睹一名貴族的生成，但我卻能在灑落的餘暉裡確實感受到溫暖，卻又不至於被曬傷。

水人無水命

百貨公司的美食街有著不同的性格。在生意好的商圈，清潔人員會主動迎上，收走空盤，位置有限得趕緊換桌。而在不那麼熱鬧的商圈裡，清潔人員則是在遠方靜候，等到人離座後，才過去收起桌盤。

但無論哪種清潔人員，都讓人見不清楚長相。「清潔是一份寂寞的工作。」進到一間房子，打掃乾淨，然後離開，所做的就是清除一切人們不想看見的。無論何處，清潔員都默默地、不張揚地存在著。

我對著湊近的清潔人員說：「謝謝。」總是周而復始地對他們說，內心卻又有些怯懼，也許是因為害怕迎面而來的是身著清潔制服的母親，但同時，又希望自己可以見到她一面。

母親的投保紀錄，從過去的自營業、到清潔公司、職業工會，載明薪資跟年度，清楚羅列出工作的軌跡。她收掉自己經營的公司，周末與深夜裡到各個賣場做市調、銷售，但仍入不敷出；從倒閉的百貨離開後，領了半年的失業津貼，為了不被債務追上，母親就像許多債務人，來到了能夠當日領現的工作，其中一個，就是清潔。

高雄夢時代百貨裡規模不小的美食街，是高雄人放假打發時間之處。母親在這裡做了一陣子，大多時候自己埋頭苦做，因為手腳勤快而升上了領班。儘管升到管理職，但她仍習慣親力親為，不願休息。與她一起工作的員工，有些是同她一樣的全職清潔人員，有些是半天班的兼職。

其中有位更生人，母親總是悉心聽他訴說對於判刑以及牢獄那段日子的不滿。

他喚母親的姓氏，加上姐。

母親過去自己做老闆時，大家也總是這樣叫她。

在母親過世的幾個月後，我接到他捎來的訊息，他對我講起在美食街裡母親工作的細節，補足了我所沒見到的、母親生活的模樣。

他形容，母親在每日上工前，會吞好幾顆維他命，想要依賴營養補充品在這樣的勞力工作中撐下去；但母親越做越累，疲憊之餘，忍不住對下屬發脾氣，連他也無法倖免。他說，午休時刻，大家都去休息了，母親仍在那裡，不停歇地做。

後來，母親離開美食街的工作，依照外包公司的分配，到社區大樓做清潔，也到豆漿店應徵工作，最後落腳在電影館。假日的愛河畔，當人們享受各式各樣的藝文活動時，她在地下室的廁所區洗淨人們留下的痕跡，紮起頭髮，各種噴濺、骯髒的汙漬，都得洗刷乾淨。

因為做清潔工作，家中堆置著各種牛奶瓶、塑膠罐，裡頭裝著稀釋的清潔劑，無論在何處，她都想把事物洗潔乾淨。我總想，也許她想洗刷的，是自己一路走來的命運。

從我有記憶以來，母親就是個少女。小時候我總會悄悄拉開她的梳妝台抽屜，看她抽屜中印著香奈兒 LOGO 的粉餅、帶有蕾絲的細梳，床邊也放著她的巨幅婚紗照，大家都說年輕的她十分漂亮。

彼時她清瘦，描著時下流行的細眉，當然還有空氣瀏海，燙著《凡爾賽玫瑰》一般的鬈髮，緊身的上衣、吊帶裙，離婚後仍保有秀麗。內在也是少女的她，心情好時會騎摩托車載我到巷口的租書店，租《尼羅河女兒》之類的漫畫回家看。傷心難過時她寫日記，難以自抑時，她用口紅在梳妝鏡寫下整面的遺言，說要帶我一起去跳澄清湖，戲劇化地演繹一切，說是我哭著留下她。

我沒有太多的記憶，只有瑣碎的片段，整面的紅字，時常夜裡輾轉醒來，驚覺床邊沒人。

她帶來我的方式似乎也不那麼愉快，當我還在肚子裡時，她就跟丈夫爭吵不斷。丈夫戒不了賭，因此母親就算大肚子都還騎著摩托車跑業務，臨盆時，自己帶好住院費用，背著背包，騎車到長庚醫院，卻在醫院中被一偷而盡，只能勉力回家，最後在附近的醫院產下我。

不久後，她跟那個放她獨自生產的男人離婚。

一個女人家雖帶著女兒，卻依舊不掩美貌，常有些大老闆會到她的辦公室、也就是我們家，抽菸聊天。母親想要做他們的生意，因此會熱絡地招呼他們，客廳桌上的菸灰缸隨時都是滿的，漫溢著菸味。

我隨著母親身在其中，國小的我常在卡拉ＯＫ酒吧，一旁傳來的音樂有時是那卡西的伴奏，有時則是十元的自助投幣卡拉ＯＫ機，我唱母親最愛的女歌手，鄧麗君、張清芳，母親與其他大人看著一名女童唱著情歌，還會炫耀似地轉音。

小城故事多　充滿喜和樂
若是你到小城來　收穫特別多

為了與母親一起，我融入成人的世界，佯裝自己已經長大。

她也常收到來自這些男人的示好，西洋情人節成束的紅玫瑰，母親會倒掛做成乾燥花，像是在宣示身為一個女人的戰績，她是成功的。

她是嗎？

那些男人早已有了妻小，儘管待母親不薄，依舊沒有辦法給她一個完整的家。一個女人從略有姿色，隨著時間流逝，勞累取代了原本美麗的面貌，那些男人也漸漸地不再上門。

男人總是令母親失望。

母親再也買不起那些昂貴的化妝品，但也無須粉飾自己。等我高中畢業離家後，她習慣自己一人生活，雖然仍有一起生活的伴侶，卻也不願給她名分。她始終無法理解，悉心對待男人的自己、長得不差的自己，為何淪落到這種境界？或許是日夜充斥煩惱與勞動，她生了病。

經歷手術、確診轉移腦部惡性腫瘤後，她在意的是各種副作用：吃類固醇導致臉腫、放射線療法導致落髮。

「我好醜。」每一次她都這樣叨念著。不時回頭罵那些浪擲她青春的男人們，偶爾在沙發上用手機播起鄧麗君的歌曲，跟著YouTube中的女歌手一起唱，回憶歌詞中秀麗的青春時光。

因此母親總想要我漂亮，雖然我總是讓她失望，一直都不是個苗條的女孩。每次返家，她總會責怪自己沒有把我養好，說我的水桶腰、水牛肩、雙下巴，還有幾處痘疤，她每看一眼都十分在意我的外觀缺點。

只是，直到母親過世後，我始終沒有如她所願地瘦下來，甚至因為幾個月來的睡眠困擾而達到體重的高峰。

我整理她的相簿，發現她依舊保存著年輕時的照片，以及一張剪過的、她穿著白紗的泛黃相片，畫面中沒有新郎、沒有其他人，只有一名新娘。

大家總說她結婚時是最美的，甚至是家族中最美的一位，我想她也是這樣認為。只是，大家說她美之外，總是會再多說一句：「水人無水命。」像是因為無法找到解答：為什麼母親在情路上如此受阻，沒有個好歸宿？於是乾脆把一切丟給命運作結。如同母親也始終不解，這樣美好的自己，為何總得不到男人的愛？

翻閱母親的照片後，有一天，我忍不住在她的相片前，向她承認道：「妳是最美的。」在我的年紀時，她有著我無法超越的美貌；而她也始終用這漂亮的模樣，留在我的生命中，直到最後。

我那賭徒阿爸

彼時，高雄車站附近還是熱鬧的所在，沿著河蓋起大樓、巷弄裡是人們在透天厝一樓開張的店面，自己當起頭家。農曆年一到，年初九的深夜，天公廟就會傳出鞭炮聲，全城也會相互呼應地放起鞭炮，像是在告訴全部人玉皇大帝生日了，也讓已經熟睡的孩童們忽地轉醒。此時大人們都不在家，有些刺激，卻又有些恐怖。

河旁的三鳳宮是歷史悠久的廟宇，大人們總會帶上小孩一起拜拜，廣闊的廟前廣場有著兩、三層樓的氣派樓宇，三百餘年未曾斷過香火。深夜大家不會帶著小孩上天公廟，於是三鳳宮成了眾人更熟悉的存在。

對於母親來講更是，婚後的父親仍是戒不掉賭。每日出門，父親總帶著錢到廟前廣場與人賭博，天九、黑粒仔，搖落去，或是跟人簽牌，用的可能是他好不容易去找份工作掙來的錢，或是母親經營旅行社收來的團費，也可能是我存在小豬撲滿裡的零錢，父親拿著小黑夾從投幣的孔洞裡，一個個夾出來。手裡有錢就賭，沒有錢也賭，總之記上一筆，債主算得清清楚楚。

人們總說，愛賭的人，一晚賭上百萬都不令人意外，據說父親則是讓母親賠了上千萬。

從小，我就這樣聽身邊的大人數落我的父親。

我未曾見過他在賭桌上的模樣。因為每當父親回到家裡，他看來都不像是個賭徒，斯斯文文的。

但賭徒應該要是什麼樣子呢？

從外表上無從判斷起，但賭徒的家人，或許都有著同樣的內在。

年幼的我，時常躺在房間的磁磚地板上打滾吸涼，因此很容易就看見床板下的鐵棍，是一根比成年人還要高的空心棍，沉甸甸地，一晃動就發出哐啷的聲響。我總祈禱不要有用到鐵棍的一日，但總有幾次，深夜裡債主找上門來，父親會拖著這根鐵棍走下樓。我從二樓的窗戶緊張地向外張望，卻又不敢探出太多。後來，拍打鐵門的聲音轉為鐵門拉起的聲音，我便縮回房子內等待恢復平靜，希望一切平安。

不知道是不是鐵棍可以拿來逞威風的關係，每一次，父親總是全身而退，並沒有像電視上演的那樣給人斷手斷腳、或是面目全非。他依舊四肢健全，也依舊出門賭博。只是，鐵棍也僅能逞一時之快，賭債始終跟著父親，更多的是母親在後頭處理父親的債務，據說還有不小心打死人的費用。儘管兩人早已離婚，母親仍無法撒手不管，因為父親依舊住在這個家裡，我甚至是兩人關係中的籌碼。

父親曾一度對想要撇清關係的母親說，他要去搶銀行。

母親怕會牽連到我身上，便隱忍下來，繼續償還積欠的賭債，以及容忍侵吞她收入的父親住在家裡。我記得每夜都在哭泣的母親。

最後，是國中的我把父親的所有東西全數丟到門外，要他離開這個家。大概沒想到我竟會開口，他也真的離開了。知道父親不會再回來後，我把家族合照一張一張地剪開，分成父親、以及母親與我。坐實了離婚，那紙協議書也終於在生活中生效。

全家福的照片裡，有著家族旅行到杉林溪拍下的全家福照，還特地洗成大張護貝。還有學齡前的我在文化中心的廣場中恣意跑跳，偶爾有父親入鏡的照片，笑得好開心，父親摊住我、然後抱起我，彷彿充滿愛一般。

他的賭徒性格，或許也體現在其他部分，例如夾娃娃機。那時的機台，還不像現在是進化過後的，有著各式關卡或是各種被刻意鬆開的懸爪；只要確定娃娃被夾起，基本上就不會失手。也因此，不賭的時候，父親會到超市外的夾娃娃機待上一整天，夾回許多個娃娃，就像是他的戰利品。

一個十塊硬幣，換成一個布娃娃，對於賭徒來講，或許並不是什麼了不起的勝率，但夾子往下延伸、收起、完整夾起娃娃的喜悅，大概也跟在賭桌上翻開紙牌的那一瞬間同等刺激。

本金有去無回，只是過程。可以賭資翻倍，甚至是不勞而獲，是每個賭徒最大的願望。

每當我只想躺平發懶的時候，耳邊彷彿浮現親戚的叨念：「不要像妳爸一樣好吃懶做。」流淌在身體中的血液，就像是某種詛咒。母親投射過來的目光，多半時間充滿著愛，但只要有一點不順遂，像是皮膚欠佳、個性中的小奸小惡出現時，她就會說：這是遺傳妳爸的。

全家福剪去的，也許僅是形式，父親依舊都在。

某些時刻，家中電話不常用的那一線響起，母親就會臉色一沉，喚我去接。她知道那是只有父親知曉的號碼。

電話打來的頻率越來越少，直到一日，就不再響起，無人知曉父親去了哪裡，做什麼樣的工作，過什麼生活。

我終於逐漸長大。

但賭博始終是家裡的禁忌話題，就連過年時親戚小孩開玩笑地說要玩牌賭錢，大人們都會露出難看的臉色，頂多能玩如大富翁這樣仰賴籌碼、不下賭資的居家遊戲，與巷弄裡此起彼落的麻將聲形成對比。家裡的大人也不會簽注六合彩，甚至閉口不談。報牌這樣的南部日常，就像是在我們家裂絕了一般。

直到政府開通了公益彩券，樂透讓緊繃的大家鬆了口氣。儘管排拒賭博，但如果能夠一夕致富，讓人輕鬆幾十年，該有多好。風行的頭幾年，每晚七點，大人們便群聚在電視機前，等待著彩球開出。儘管未滿十八歲，仍喚我們這些小孩在選號的紙卡上畫下數字。

也有幾次，成年後的我看著獎金數飆高，應和著周遭熱烈的氣氛、朋友們輪流發著「中頭獎我就蓋醫院」的願，跟風去買電腦選號的彩券。開完獎後，我揣著手中的彩券對獎，但頂多就是中個一星、兩星。幾期幾期開去、幾年過去，不管獎金注數累積得再高，都未曾中過幾次，就連中三星，都像是得來不易的幸運。忍不住想，也許這個家族天生就不適合賭吧，也或許是對於賭博有過諸多恐懼，因為擁有的都是失敗的經驗。

這樣就可以了，賭徒阿爸教會我的，就是我們都不是賭神，神明也不會應許這樣私欲的願望，認分地做好眼前的事、掙該掙的錢、不讓家人流淚神傷，就是我們所擁有的命數。

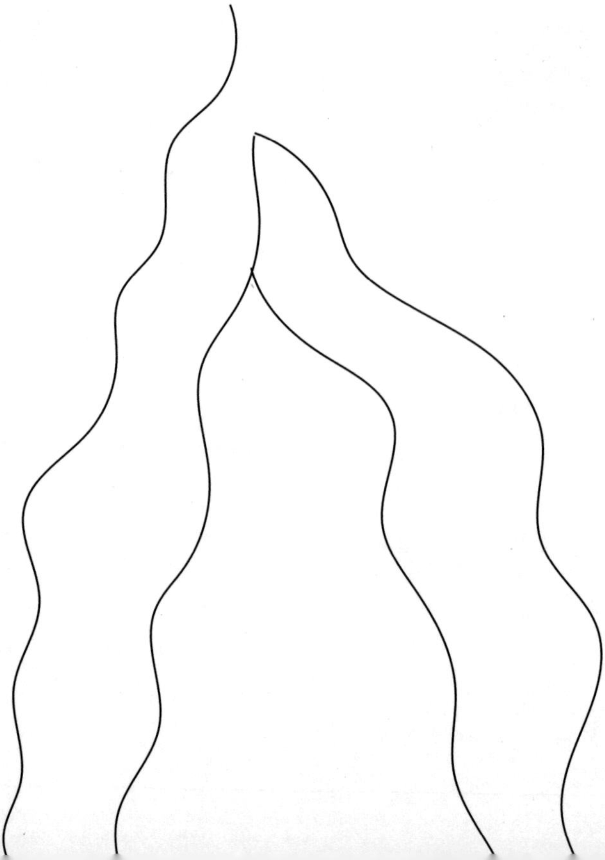

輯一

成、住

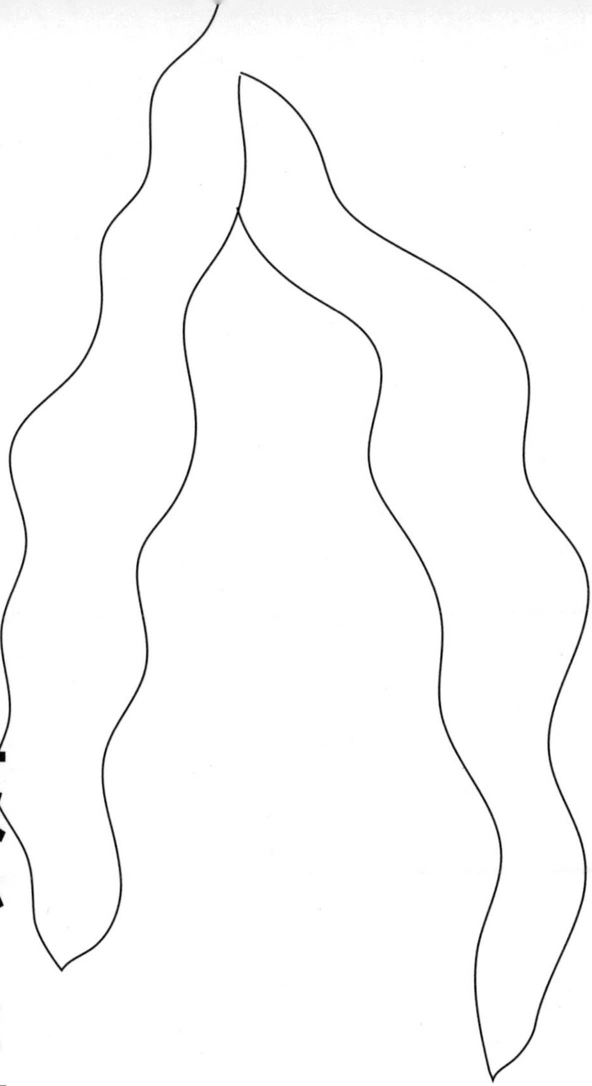

母親的工作

在我的記憶裡，母親究竟做過幾份工作？

高雄的天空總是灰濛濛的，又或者是記憶裡的街道都蒙上了層灰。每一次穿越記憶的路徑都不太一樣，這次記憶的起點是巷口的麵包店、下次可能始於常去光顧的便當店，而我始終都在那些巷道徘徊不去，就算已經搬過家、抵達異鄉生活，卻始終無法不回望過去。

所以，我決定先從母親以及街道談起。

——十二歲的街道

小學畢業時就闊別了「防空警報」頻仍的時代，但我到了幾年後才恍然大悟，當時錯聽的「皇宮警報」原來是「防空警報」，而生長的這塊土地上從沒有過皇宮的存在。

如果海上皇宮不算的話。

在港口邊，海上皇宮盛大地開幕了，兩棟雕有華美樑柱、燈火搖曳的皇宮餐廳，在海上飄蕩，像極了電影中的人間美景。當時的家族團聚就選在皇宮裡，燈火通明象徵著當時的社會氛圍，從貿易中獲利的家族，仍享受著舶來品以及各式高級點心，祝壽的場合一定要到飯店慶祝。

只是美好的事物總不能永久，海上皇宮的壽命更加短暫。宣布倒閉、船家落跑的那刻，海上皇宮甚至都還沒有滿一歲，便被棄置在港口，成了大型的水上垃圾，晃盪十數年。

隨著海上皇宮蒙塵，家族的事業也漸次衰弱。過去依靠國際貿易進出口，外公白手起家做跑單幫，到日本跟台灣各地認識客戶，在高雄的土地上放置一個又一個貨櫃，銷售堆高機等大型機具。有土斯有財的觀念深入人心，因此賺到的錢都拿來積攢在土地上。只是隨著產業逐漸飽和，客戶減少，也不得不薄利多銷。

小時候看的鄉土劇總把女性視為不值錢的存在，如同芥菜種子，微小而廉價。但在真實人生，那便成了我國中畢業便轉往高職、等待家管未來的母親。

鎮日坐在那個圍困她二十年的透天厝裡，母親存在的唯一價值，是讓哥哥念書、她在家帶著兩個妹妹。其中一個妹妹小了她十歲，因此她總是姐代母職，負責載送小妹上下課、指導作業。

等到終於有機會離開家裡，母親到旅行社工作，「想要去很遠很遠的地方，」於是，她如願搭上那班高升的飛機，當起領隊，遊走於東南亞與台灣之間。

我因此習於作為一名鑰匙兒童，下課後，保母在一旁守候、等到我睡著，她會關上房子裡的燈、留下一小盞，然後鎖門離去。在那樣孤寂的夜裡，一旦醒來，眼睛連半下都不敢睜開，只能用棉被矇住頭，使勁地在心底數數，才能再度睡去。

許多航班在航道上行駛、飛升，但也有許多航班無法抵達目的地，恆久消逝。新聞裡名古屋空難的暗夜搜索、大園空難的殘肢，嵌入腦海，成了無法抹滅的記憶。因此在母親出國的每一天、每一夜，我都會將事情往最糟的方向想，而後放聲大哭，直到母親平安降落、返回家裡。

旅行，返家，而我也曾在長長的暑假裡跟著母親前去探索陌生的世界。東南亞總是慷慨地給予刺目的陽光，直到現在還是會懷念那樣的溫度以及光亮，即便是在SARS襲來的夏日，也無法阻止這樣的旅行，甚至在觀光客銳減的旺季裡，有了最自在的旅程。

那是記憶裡最明亮的一段了。離開十二歲後，航程就變得十分顛簸。

——十五歲的街道

原來派遣人力這麼早就開始了，當我回到十五歲所站立的巷道時，恍然大悟。

一個帶著小孩的二度就業婦女，到底能做什麼工作呢？我只能藉由每日母親帶回來的食物，判斷母親的工作。

曾有一度，母親在麵包店兼職，那是當時拓展得極快的連鎖麵包店，而這些發展快速的店家，其終點皆是突如其來地倒閉、收店。因此母親再度於各個工作中遊牧。那時母親最常帶回來的，便是有著同樣滋味的蛋糕邊，滿滿一大袋，可以吃上許多日，也足以聊慰一名小女孩想要吃蛋糕的渴望。糖、麵粉、蛋白，再加上一些美好的事物，製造出來的不是拯救小鎮的飛天小女警，而是拯救了在平凡生活裡就要失去冀望的人們。

另一次，母親到火鍋店擔任收班後的洗碗工。當時街頭林立著石頭火鍋，一個位子一鍋，固定的菜料被放進去湯裡，載浮載沉。

我時常在鍋裡放入煮過頭的芋頭，使得整鍋湯混雜著汙濁的浮渣，打入全蛋、加入冬粉，用湯杓舀起，滿足地喝完，夜裡便得以安然入睡。那時沒有小確幸這樣的詞，每一個幸福都是簡單而珍貴的，也是長大以後再也無法複製、屬於逝去的時光裡最令人神往的記憶。

每一夜，母親就在那裡洗著碗，儘管有橡膠手套隔絕，但雙手長久悶在手套裡，依舊會脫皮。而她結束一天的工作時，總會帶回火鍋湯料，我們自行添加其他，在電磁爐上煮滾，便又是一周的三餐。

味覺混雜著記憶，喚醒的不是對於某個地域特別的料理口味，而是嵌入了生長於那個時代裡的人群，最貼近生活的想像。

——十六歲的街道

在各個市場與賣場裡，妳對這樣的身影並不陌生，拿著試飲杯、試吃品站在商品櫃前，儘管身著不同頭巾與圍裙，但看起來都是如此相似。這樣一群中年婦女，母親就身在其中。

在各賣場駐點的她們，每日固定的工作時間是八個小時，沒有椅子可以坐下、鮮少走動，就算移動，也是來往於倉庫與賣場之間，甚至連上廁所的時間都不多，求得的就只是業績。

母親也在裡頭賣過各種商品。業績不佳的日子，她會自己買下一定數量，只求不讓數字太過難看，也因此，家中冰箱的食材，便依據母親當時所販售的商品而定，可能是冷凍水餃、微波食品、香腸組合。

「妳都沒有想過，我是怎麼靠做這些工作養活妳的嗎？」母親曾經這樣對我說。

每個周末，母親去站班，一天收入一千元，一個月下來其實無法養活一個家，更遑論當時在念書、上補習班的我了。

母親賣著就連自己也不會想要買的商品，但她總是有能力讓人買下，並且以她最擅長的方式，自行購買來做業績。

仰賴著母親的勞動，我還來不及看仔細這些場景，就長大了。

很多時候，當我在賣場中看到販售商品的展售人員，會錯覺她們是我的母親，因此我會略感愧疚地買下她們的商品。轉身離開時，我聽到其中一名中年婦女對著另一個攤位的人說道：「今天開市了。」

而我想起這就是跟著母親在賣場時她最常說的話，在一天初始時賣出商品給客人，是最重要且吉祥的事。

——三歲的街道

我在這裡，母親在那裡，三歲的我在母親身邊。

母親正低頭寫著些什麼，直到很久以後，我才發現那是她的日記。三歲的我不懂，只在速食店裡吃著、發呆，不知道她有沒有發現我就在這裡，看著自己。

日記裡寫就的是母親對於生活的不如意。身為女人，身為長女，身為大姐，她似乎失去了許多事物。直到最後，她僅有的是可以工作的自己，然後撫養著唯一的女兒長大。

此後速食店成了我匿逃的場所，一個不需要、也不必有人陪伴的地方。瑟縮在一旁，吃著薯條、喝著飲料，在嘈雜的環境裡，落淚也是一件極為正常的事。街道的景色很容易改變，習慣的店家不做了，就恆久地拉下鐵門，或是貼上大大的「租」字，過不久便是連鎖的飲料店進駐。而我想念的場景，也就這樣消失了。只是巷口的這間速食店、以及許許多多的速食店，都未曾被打倒，我想大概就是因為這樣不帶任何色彩、欠缺記憶點的存在吧，生命中無處不在的刺點，在速食店裡，都能被包藏得很好。

站前大飯店

父親就是死在這座城市。

有些地方，我總是希望自己不要回去，其中之一就是台中火車站前的飯店，更準確地說，是那些蟄伏在大樓中的商務旅館。只是時隔多年，沒想到自己又來到了這裡。

這裡是父親曾經待過的城市。

近晚時分，下了高鐵，從新烏日轉乘火車來到台中火車站，花不了多久時間，躲開台灣大道上的壅塞。踏出嶄新的車站體，打開手機、瀏覽地圖，尋覓即將落腳的地方。周末時間，連鎖旅店多半是滿的，因此只好在抵達前趕緊打開租房平台隨意搜尋，看到內裝尚可的房間，白色的床單、看來沒有太多虛浮的裝潢，便按下了預約。早已訂好其他住宿的同事聽到名字後，馬上拿起手機搜尋了一陣，接著飄來哀悼的眼神，說了一句「祝你們好運」。他看到網頁上顯示拉皮後的外觀，便像知曉了些什麼。

「站前嘛。」他說。

我在入夜時分抵達。位於電子遊藝場旁的飯店招牌仍亮著，寫著「合法旅店」，check-in的櫃台真如訂房網上所說，二十四小時都有人等候，只不過看來就是老闆本人坐鎮。付完尾款，老闆遞來壓克力材質的長條鑰匙圈，站在櫃台前填寫入住資料時，一對移工情侶從身後走過，按了上樓的電梯。

「出差嗎？」老闆問。

「是啊。」

囿於公司出差的旅費限制，我與同行的同事沒有太多選項。這一日，從南方匆匆直奔此處，應酬後只期待一夜好眠，迎接隔日晨起的工作。

進電梯、按好樓層、上樓，房門是喇叭鎖與一片木板，就算上了鎖鍊，還是一點也不牢靠。通往浴室的門口有著霧面玻璃，牆上貼著「馬桶易阻塞，請勿丟衛生紙，否則……會有可怕的事發生。」房間裡，床單的確如照片一樣全白、整齊，牆上掛著電視與基地台，拉開窗簾就能看到對面的老舊商場。

就這樣吧，就睡一晚。只是在踏進浴室後，卻發現燈無法點亮，只得下樓請老闆上來更換。老闆一邊咕噥，一邊踮高腳尖，轉下燈泡。

按下門旁的開關，燈亮了。

「這樣好了吧。」老闆拿著壞掉的燈泡走出門。

晚間十二點，終於平躺在床上，只是這一晚卻也不得眠。

躺在床板上，忍不住回憶起上次來這座城市已經是好幾年前了，那時正在北部讀大學，手機接到一通陌生來電。

「妳的父親過世了。」電話那頭這樣說著。

有那麼一刻，我疑惑這是否是詐騙電話，甚至希望這是詐騙電話，而不是告知父親最後的歸屬。

電話那頭道出父親的所有細節以及他離開的方式：自工地墜落，然後再也沒有醒來。

為了處理父親的後事，我與母親幾度來回台中火車站前的空間。最後一次，則是因為隔日清晨父親要入殮，得在前一晚至此處落腳。當時對這座城市十分陌生，也無暇思索自己即將面對的場合，隨意選擇了入住的地方。彼時火車站尚未改建，一旁雖有新穎的商務旅館，卻也理所當然地客滿。

拖著行李，我來到了有些許冷清的第一廣場。那時它仍喚作第一廣場，多年之後才得了東協廣場的名字，開始有了樣貌。當時關於此地的故事繪聲繪影，那艘停駐在上方的幽靈船與鄰近的房舍，也都還是荒廢的模樣，人潮稀稀落落。

走入這棟建築，搭上電梯，重新裝潢的旅館內部有著明亮的燈光，但唯一改不了的是低矮的天花板，緊緊貼上來。

我就這樣入住了這艘船的肚腹，唯有此處有著空房，歡迎著我。依然清楚記得，那是間沒有窗戶的房。

更精確地說，房間的牆面有著窗戶的模樣，但那僅是裝飾，畫著色彩鮮豔的窗外風景。牆後的景色就這樣被取而代之。

那一夜，同樣也是整夜不得眠，我緊抓枕頭，靠向母親那側的床，整夜電視機都亮著。

清晨時分，我們離開了那間房間。

父親曾經待過的那個地方，據說當時正蓋著新一期的豪宅建案，為了即時完工，巨大的機械以及密集的工班們來來去去。不只是他，這裡的人們理所當然地沒有完善設備來進行每日工事，若墜落，就是墜落，沒有其他轉圜餘地。

曾有那麼一次，還是記者的我採訪到也是因工地墜落而脊髓損傷的受訪者。墜落前他早已是工頭，景氣佳的時候，月收入近十萬元都是可能的，攢的錢足以養家。

「只是一個跌下來，就什麼都沒了。」

十幾年過去，他一人生活，兒女皆在外。他在輪椅上來回廁所、廚房、書房，自己換尿袋。跌下來的痛，公司負責人對他的不屑與敷衍，令他抱辱至今；曾經足以奠基一切的存在，只消一刻就成了棄子。

父親的死亡證明書上寫著血腫。

而那些建起的高樓裡，不會載有父親的姓名，也不會有這些墜落人們的模樣與記憶。即便來到此處，我也未曾親眼見過那些華美的大廈。嶄新的裝潢，想來應該會有著迎人的大廳、門禁，一樓是挑高的天花板，入住的人們可以享有健身房、聚會所、甚至是酒吧這樣的公設，經過一層層通道，才能抵達家門，有著現代化的門廊、系統櫥櫃，氣密窗隔絕了外頭熙壤的人車聲，管線當然也都是最新的。

父親最後住進去的是一個小小的隔間，但，至少是全然屬於他的一個處所。

數年過去，我彷彿又回到了那個房間。我躺在床上，聽著上下相鄰的水管聲音、以及其他房間的聲響。誰起身上了廁所、沖了馬桶，都清晰可知，幸好也僅是這樣。

直到陽光穿透窗簾，才能閉眼安心睡去，只是沒睡多少便又要起身。

問了住同旅館的同事，他倒是在自己的房裡睡得香甜，想來圍困自己睡眠的，應不是所處的房間。

退房，前往日常的街道上，這間旅社依舊有著牽手入住、要休息到下午兩點的移工情侶，也有著出遊的老人家背著背包，在櫃台等待入住。

老闆說：「周末都會滿啊。」

無怪乎在預約當時他就要我們先轉付訂金，確保入住。的確，昨夜來到此地時，老闆就在櫃台上放了「客滿」的牌子。

陽光灑落的街巷，好像一切都十分尋常，電子遊藝場也安靜了下來，對巷的路邊攤沒有開，只得到附近市場找些食物，才能繼續一天。穿過觀光客的人潮，點一碗簡單的意麵，有些甜的口味，眼前還擺著瓶東泉辣椒醬，我想自己是真的在這座城市了。

這是父親所在的城市。他來到這裡，想要尋覓一份工作，做著工，也許，他想要證明自己是有用的。

他離家的幾年，我所能收到的只有他的電話，家中有一線是為他留駐的，因為那是只有他知曉的號碼。曾有幾次，他在電話那頭問道：「想要怎樣的聖誕節禮物？」或是生日禮物。我會掩著話筒，輕聲許出自己的願望，想要菲比小精靈、或是電子辭典，可以讓我在課堂上炫耀一番，只是這些願望從未實現。

也許，我仍是有些盼望的，直到市話再也不會響起，直到手機號碼取代了所有的日常，直到自己成了那個能夠完成自己願望的人。

幾年前、也就是父親的事之後不久，那座廣場有了自己的名字。在當地人較少停駐的舊城區，有著許多幾度拉皮未果的大飯店們，卻也存活得十分良好；而這些旅社，也的確是來到此處落腳的人們的大飯店。那棟承載著數年前我的惡夢的大樓，現在有著餐廳、旅館、手機店，周末一到便熱鬧萬分。

改建後的車站月台上，光線照在每一個人身上，甚至有些熱了起來。刺目的陽光輝映著在此處來往的人，多是因著假期而展露的笑容。待到車班來了，大家魚貫進入車廂，前往下一站。假期之外，則是承接著外溢出都市的工作者們，也許，就像是父親，在此處覓得一份工，而我也無可避免地總是回到了這裡。

坐在搖晃的區間車上，就像是飯店裡的房間，椅背承接著所有重量，求得一頓長久的睡眠。不管終將抵達哪裡，在這樣一段的旅程裡，這都是站前最舒適的房間。

早安，父親。只想告訴你，現在是陽光正好的時刻。

不在的父親：勞動者的□□

父親總是不在。

記得國小下課後，很自然地就抵達了安親班。下了課，聚在一起吃午飯，學著一樣的英文以及課外科目。當時常相處的幾個女孩各有不同背景，有人的父親時常不在、有人父母正準備離婚。有時我會想，幸福的家庭根本不存在。

晚飯前，安親班主任會開車送學生回家，把一顆一顆種子投回寂寞的窩裡。

父親總是不在，也因此，正常的男女互動不可能在家中的飯桌上展示。生活在同一圈的我們，將串門子視為家常便飯，在一個又一個家裡逡巡，遊盪在不同的家庭組合裡。

其中一個較為親密的友人，母親在加工出口區工作、父親則是開計程車，時常晚歸；另一個友人的父親早已因為工作過世，她從未記清父親的模樣。如同祕密結盟一般，我們似乎孕育了一些默契、一些勇氣。而習慣由女性養家的背景，也讓我們自小便不對男性有太多信任，每一個前來的男性，都被我們假想為可能擄人、拐騙小女孩的存在。

也因此，隻身帶整間安親班的主任，成了近乎父親、卻也不是那樣親暱的存在。每年寒暑假，他會帶南方的孩子們到北方玩耍，透過行駛在國道的路上，我們第一次學會了「遠方」的概念。

當時台北捷運剛興建，甫通車的木柵線成了在台北必去的新穎之處，透過車廂景框，看見大都會的樣貌。也因此我們期待的便是抵達北方，以為這裡就是世界的中心。

為了抵達世界的中心，我們學習英語、電腦，並在一次又一次的考試裡擊敗同學、或是敗下陣來。如果無法前進，一定是因為自己不夠努力吧，常常有人這樣說著。只能更努力了。也因此，成長的路途裡時常忘記回頭觀望，那個父親空缺的位置。

也許是直到了離開的時候，才發現這一座城市承載了許多。高屏大橋垮下的那一天，提醒了我們兩座城市之間的聯繫是如此薄弱。加工區附近不時的大火、汙染飄散，帶來的是連續多日的空氣品質低落。啊，誰誰誰的母親不就繼續往復於那些被封鎖的區域嗎？在大仁溪汙染的河段上，大學學長在那裡採集汙泥，調查會不會有能夠分解這些汙染物質的優勢菌種存在，他的家鄉就在一水之遙，卻總是沒能回去。在科學論文的符號裡，常能見到南部的河川，但都成了簡單的英文代稱，讓人幾乎要忘記那裡存在著真實的人群。

而我是在離開之後，才發覺父親的符號浮現眼前，次數也許不頻繁，卻依舊提醒著我。無論在何處，工安意外時常上演，那些人的面孔，不知為何總是像極了父親，那勞動之後曬得黝黑、細紋密布的臉孔。

——□□：面孔

後來我才發現，父親並非不在，而是成為身邊無處不見的勞動者們。在興建的大樓工地旁，坐在那裡吃著統一訂購的便當。

父親離家之後，幾乎無從得知他的工作，只能藉由第三者轉述，父親在哪座城市當起了夜班警衛、大樓保全，然後抵達他生命的終點：建築工地。

男性勞動者的面容總是多了幾分逞強以及羞愧，因為似乎在這之中，失去工作、沒有工作，是更加難以啟齒的經歷。

——□□：身體

然後我想起這些故事。

美麗的建築物其實都美得像是一場謊言。

在建築工程中發生墜落意外的工人，建造著不屬於他的建物、他們買不起的豪宅。他們便宜、好用，來自於人力派遣公司。

他們墜落、折斷脖頸，沒有人想要看見這樣的景象，但卻依舊上演。

美麗的建物完成後，他們不被記得，但是我記得、我們必須要記得，因為曾經有那麼一刻，躺臥在地上的，是我久未謀面的父親，而他們也可能、曾經可能，身為誰的父親。

——□□：聲音

沒有更多聲音了。

在電視新聞、報章雜誌上，似乎沒有人能夠聽見他們的聲音。

我也沒有辦法。

在一本關於RCA工人的口述史出版後，我才得以聽見那些身處發展之中、帶來繁榮卻被拋棄的工人們的聲音。在欠缺防護、相關知識的工作場域裡，女工低頭做著元件的插入、清洗、品管、出貨，所製成的是新穎的、先進的產品，留下的，卻是土地汙染以及生命的傷。

儘管微弱，但他們依舊努力地發出聲音來。

父親是這樣缺席的，他的面貌、身體、聲音在家中空缺下來。父親節是一個無謂、無感的存在，男性是陌生的他者，只在隨著我逐漸長大、認知到世界的面貌時，他才重新回到時光的隊伍裡，陪著我一起往前進。

而我其實一直沒有找到一個好好想念他與紀念他的方式。在葬禮之後，一切回歸平常，但我卻也深刻感覺到一些根深蒂固的改變。我不再那麼害怕失去，尤其當妳知道生命的本質就是不斷的失去與獲得。但也因此，我失去了一些曾經尖銳的感受，那直抵心門的切膚之痛。

佯裝對於一切都沒有感覺，但其實每一種感覺都這樣強烈。

我想應該是這樣的吧，還是有些事物不能遺忘，我體悟到關於紀念最好的方式，不是前往納骨塔，帶上一些水果，面對著菩薩的面容虔心祈禱、焚香；而是在有著勞工階級的運動現場，下意識走進隊伍中，也許沒有呼喊口號，卻能靜靜地觀察身邊皺紋遍布的臉孔、每一個相視而笑的臉孔。

我才感覺到一切是真實的，父親的形象是深刻的。

也許直到此時此刻，我才發覺，父親並不是不在，而是父親早已經這樣存在著，以建造大樓工人的樣貌、以紡織工人的樣貌、以加工區工人的樣貌，長久地生長並支撐著無數的建築物、產業，沒有離開，未曾缺席。

父親一直都在。

包裹之城

人生行走至今，與人的緣分由濃烈至淡薄已是意料中事，濃情蜜意隨著時光跌宕終歸冷涼如水，不必言語，連社群網站上的每一個按鍵、無心留下的話語，都足以毀壞一段關係。封鎖、刪除好友，輕而易舉，世界之大我們不必相見。只是從未想過與生育自己的母親也會遭逢此決裂，對於世界的看法不再一致，覺得自己足夠成熟、可以拋棄原生家庭了，有那樣的自信。自在母體之後分裂的不僅是細胞與核，更像是人生之路的分裂——不要過那樣的人生。自小開始，就這樣告誡著自己，離家，離開關係，離開命定的輪迴。

高中畢業後，與母親分居兩地，我嘗試自食其力生活，不仰賴家中的生活費，打工、家教，攢下錢來用以支付房租以及日常開銷，倒也過得去。只是母女之間總是無語，偶爾跳出來的通訊軟體視窗，已是最大的問候，隻字片語回覆，或一紙貼圖，便聊表言語。取而代之的是母親每個月的包裹，透著寒氣，多半沉甸甸的。送貨的那日我會守候在家，待門鈴響起，自宅配業者手中接下拆開，努力將包裹裡的食物整齊地分門別類，塞進凍得死硬的冰箱之中。

冰箱之前，是生靈的死亡、也是未來一個月賴以為生的食糧。我與母親是用這樣的方式溝通著，透過肚腹，如同張眼未明的時期，透過臍帶餵養著成長。

——第一個包裹

常常先是全雞以及滷肉、再是雞腿排跟豬腳，分批裝袋在包裹之中，用層層的塑膠袋以及橡皮筋綁起，堅硬如磚，在外頭以簽字筆在紙上寫下內容物以及烹調方式，再用透明膠帶層層黏上，權充護背，不讓濕氣混淆了字體。

雞腿排：已熟。煎、烤都可。
全雞：可煮雞湯。（旁邊附上一包香菇乾貨，記得泡開）
豬腳：熟。

雞腿排跟豬腳我初嘗便覺得好吃，在準備便當時，平鋪在米飯上，旁邊放上燙好的青菜，到工作地點微波一吃，便驚異於母親的手藝怎麼變得這樣好。

直到一次返家，才知道兩者的由來是什麼——她到樓下的便當店點了便當，把雞腿排跟豬腳另外收攏，自己逕行吃著便當的白飯跟配菜，邊說著：「他們的雞腿排很好吃。」——這就是雞腿排跟豬腳的由來，包裹裡一袋可能有十片雞腿排，只要稍微加熱就很好吃，每次入腹，我總會想起母親吃著便當的背影。

我喜愛著日常的便當，就算是在外覓食，也總是對於有多樣菜料以及主菜可供選擇的快餐店傾心不已，螞蟻上樹、清炒高麗菜、糖醋排骨、蒸蛋，一樣一樣家常的口味，像是在複習著過往的吃食。

偶爾包裹裡會出現全雞，每次只要一見著雞頭，都讓我頭疼萬分，生冷的一隻雞，雞爪塞入腹中，雞頭已經斬斷僅剩脖子，但那完整的形體依舊令我不安，「這是一個生命，」這樣的想法會更加強烈，雜食者的兩難，一旦選擇食肉，便必須面對殺生的事實。有幾次我會拎著冰冷而堅硬的雞到鄰近市場，央求攤販替我肢解開，好做其他的雞肉料理；但事實是，我最擅長的還是把整隻雞放入電鍋，加入乾料香菇以及開水，按下電鍋開關，蒸煮上一個晚上，隔日醒來，便是一鍋黃澄澄、雞油飄香的香菇雞湯，配著白飯，吃上幾天，是熟悉的味道。

至於冷凍包裹，夏日初到時通常是芒果青，母親到南方的屏東打了芒果，做了數十袋、自行削皮、加入冰糖與鹽，徒手把芒果都處理完，弄得手全數脫皮。把芒果青包裹在塑膠袋之中，凍得堅硬，寄給我滿滿一箱、數量繁多，然後再囑咐我不要吃太多，像是一場詼諧的喜劇。

若是端午節時，便會收到肉粽跟菜粽，粽子旁附上的花生粉跟醬油膏有著碗粿店家的名號，想必也是在某次外食時囤下的，只為了附在包裹裡，與粽子一起。

包裹清空之後，留下來的，是一個月滿滿的腹足。

——第二個包裹

母親常去超商，買些涼水以及生活用品，收集點數比我還熱中，但不是為了那些眼花撩亂、五花八門的贈品，而是在集點卡背後羅列的、集滿點數後買一送一的特惠商品。

只是她總忘記兌換期限，苦心收集的點數常因此浪費，我久久返家時，見她從錢包裡拿出點數，視力不佳的她無法辨別上頭的小字，我定睛一看，才知悉已過了兌換期限，忍不住氣得念她：這樣辛苦收集的成果，怎麼會忘記。其實生活裡多有磨難、令人分心之事，回頭想來，也覺得因這樣就生母親氣的自己十分可笑。

不知不覺地，我只要看到超商的點數活動，就會想起這件事，自己有時候也會囤起點數來，並努力端詳上頭買一送一的商品。當所謂的月光時，我也會拿著便利超商的點數換得幾件買一送一，可能是泡麵、飲料、或是牙膏；而櫃台的另一頭，也是一樣的女孩，抱著同樣口味的四碗泡麵，跟店員核對好兌換張數，拎著戰利品返回居所，繼續日常的戰鬥。

深夜的便利超商總是有些寂寞的氣息。夜裡止不住飢餓，下樓買了微波食品，店員久戴隱形眼鏡的雙眼布滿血絲，氣脫委頓地刷著條碼、按著微波爐面板，鮮少交談，甚至許多時候在櫃台前欲結帳時仍不見店員人影，待了幾分鐘，才見到店員悠悠地從補貨的倉庫走出來，拿起商品。

城市裡的人生活在喧囂裡，卻總是寂寥，異化的生活方式，總是外於自我。夜太靜的時刻會忍不住拿出手機，企望尋得一些聲音、一些慰藉，但總不好意思打擾人，只敢打出幾個字，把對於家、對於人的依賴，化作電波，成為手機裡的包裹。

媽：包裹收到了。謝謝。

只是簡單幾個字，卻總是難以按下發送鍵。

——第三個包裹

把自己穿進最好的衣服，不想流露出失敗的模樣，無論是在課業失敗、在生活失敗、在感情失敗，還是在人生的道路上確確實實地失敗著，都還是有著不願被發現的倔強。

南下的列車，是於二〇〇八年完工的台灣高鐵，結合日本新幹線的工法，讓返家看似輕易了一些。帶著吉田修一的《路》，在高鐵上坐好靠窗的置，返家的速度變得更快，甚至快得讓自己都還沒調整到適宜故鄉的狀態，就得局促地下車，聞著熟悉的、南部特有的熱氣。每一次都不想再離開，卻也總是無法久待，在兩地之間拉扯著，原鄉與他方擁有各自的美、各自的難堪。

故居早已經不在了，應該說那裡已成陌生的居所，手上所持有的鎖匙再也打不開那扇門，「賣掉了、賠掉了。」

失去生長了十數年的家是容易的。轉往城市的另一頭，租賃空間大小中等的大樓公寓，重新經營生活樣貌。但日子並沒有因此更好過，母親依舊持續著每日工作，無暇照料家，但也依舊會在我返家之時，換上整潔的床單、把床鋪好，備好睡衣褲，當我不在的時候，那就是她的衣褲，這只是短暫的借住。

因為她知道我不會久留，假期結束後又是北返的時刻，那時她會在行李箱裡塞滿水果、滷菜、調味品，讓我一路拉著往北。以遠離家的方向，把自己作為宅配人員，帶著這樣的包裹，返回人們都望向同一個方向的城市。在那裡，也總是有家屋拆去、廟堂毀棄，推土機填平的更多是我輩對於生活未來的想望：此生是不可能覓得永久的處所了，注定流離遷徙，在他國、在邊界、在城市的暗面。伴著失去居所的人們，其實我們也沒差上多少，只是上輩子可能多累加了點僥倖。

我們越來越像，卻越來越少交談、見面，時間摧人至今。

每個月宅急便的送貨員按響門鈴，整座老公寓都為之震動，在夏日裡散發冷凍霜霧的包裹居於懷中，紮實沉重，在拆解過後加入廚房一角堆疊起的包裹紙箱，彷若是另一種形式的牆面。

一南一北，我們過著相同的生活模式，為了支付居留此地的租賃金額，日復一日的埋頭工作；對彼此關愛卻鮮少言說，總得要用層層紙板、報紙塞滿紙箱，掩藏包裹在其中的真心。城市往邊陲占領蔓延，比鄰的建物高高築起，所賃居的老舊公寓逐漸被包裹得不見天日，生活越走越往暗處去。

每一次隨著包裹寄來的紙卡，被我摺疊得越收越小，熟悉的字句，期待有一天鋪成返家路徑，將自己運送回去，只是外頭的目的地位置早已模糊不堪，真要返回故居，也不再有屬於自己的棲身之處。

「敬啟者，世界太大，我無處可去。」

從母親溫潤的子宮降生於此，換過幾次住所，卻依舊是被這個世界包裹著。包裹中有著母親巨大的愛以及善意，同時也透出濕冷的寒氣與堅硬。在此城中，宅配業者與鐵路持續遞送著相貌與形體相似的包裹，與此一世代所能擁護的人生樣態。

車貸林小姐

母親說，債務找上門了。

午餐時間，傳來 Line 的通知聲，原以為是工作上的緊急事項，趕緊低頭滑開手機，卻看見了母親的訊息。在讀取訊息的這一刻，同樣亮著的螢幕是乾麵店裡的電視，播映著富商脫產、羈押的新聞。待到手機的螢幕暗去，將手機放上桌面，我拿起筷子夾取老闆送上來的黑白切，蘸抆海帶與豆干旁的辣椒醬，視線因為嗆上來的辣而模糊。

從背包裡取出零錢包，遞出硬幣，老闆用沾濕的手接下。步出乾麵店，迎面而來的是令人厭倦的夏日氣息，以及淹沒於城市之中上班族的面貌。這裡是市政府前的交會點，站在交叉路口，人們急著錯身而過，生活如常。

想像有一個攝影機從旁記錄自己的人生，影帶中會有著什麼樣的畫面？負笈北上的少女、北漂工作的輕熟女，逾十年以來，都在異鄉打拚，期待有一天能返家，然後被生活狠狠摔裂。應該要有「整人大成功」的牌子吧。忍不住這樣碎念著。

過了馬路，再次被人流吞沒。

只是現實裡，每一個轉折都不是整人的綜藝套路，而是真實存在的境遇。生活中的更多時刻，是拿著鏡頭、躲在後頭，面對他人的人生，竊取每一個人的故事，看著老天爺開出來的每一個玩笑。

「終於啊。」忍不著這樣想著。輪到自己。

此時，通訊錄中的保險業務員傳來訊息，說：「明天我們約在公司附近的咖啡店，一起吃個午餐吧！」

隔日，待午休時間一到，整層樓的熄燈速度比人們站起身還要更快。走出公司，到了較為安靜的簡餐店裡，店員遞來菜單。「鴨胸義大利麵，謝謝。」食畢，對座的業務員遞來保單，上頭寫著姓名與出生年月日，下頭是密密麻麻的險種名稱、代號、保額，最後一行則是加總數字後的保費，整張紙上，最常看見的字眼是「安心」、「平安」與「健康」。

「這是妳的，然後另一份是媽媽的。」

正當業務員細細解釋著，一旁的紅茶茶杯因為溫差而冒起水珠。這裡是醫療險，下一項是意外險，後頭附註的是定期、終生，不同的額度，相對應的是等比例的保額。業務員的手指飛快地在 iPad 上點擊，「如果覺得保費太貴，我們也可以換另一種險種，會比較便宜。」

小

計算機上打出的數字，比我一個月的薪水還要來得多。

我逐漸已讀不回業務員傳來的訊息。

朋友捎來訊息，問道：「能不能去住妳家？」

我問：「哪裡的家？」

大學後的一次旅行，幾個同學嚷嚷著要到南部玩，但彼時Airbnb網站尚未建立，浮華的民宿裝潢倒是沒少過。幾個男生就住在其中一人的家裡，落單的女生知道我是南部人，便前來問我。我說好。

帶同學回家的那一刻，母親怒了，她雖未言明，但那緊蹙的眉頭背叛了她。我躡手躡腳帶著同學上了二樓，到隔天早上前都沒下樓過，母親就在沙發上看了一夜的電視，最後我們離開時，她像隻受傷的獸，有氣無力地目送著我們。她把家裡雜物越疊越高，成為一座堡壘，希冀這可以為她抵擋上門催促的敵人。

但她終究無法，每一個她所在的處所、拿到的薪水、刷卡累積的紅利與點數，都能夠讓人伸手進去，拿走部分或全數取走，只為了清償那深不見底的洞，並轉過頭來嘲笑她。

「為人作保，保字就是人呆。」

於是她與同路人一樣，逐漸自陽光中轉入地下，擺脫或被逐出居所，住進大樓裡繪有奇異壁畫的月租套房，成為在城市暗處蟄伏的獸，靠城市的排遺而活；若想僥倖，貪取一個月的薪資、或刷上一筆費用，緊密的聯絡網就會找上她，發出強制執行的命令，告訴她想身為正常人的代價。

而我總是拒絕讀取母親捎來的每一個求助信號，電話播來，接起，開啟擴音，我把自己放得越來越遠，試圖忽略話筒那方漫溢而來的眼淚與哭聲，直到一切消失在電話邊。

仐

決心躲入工作裡時，業務員傳來訊息，問道：「決定不保的原因是什麼呢？」

她疑惑，母親與我，身上乾乾淨淨，沒有任何保險。我抗拒著寫有數字的金融商品，覺得每一個步驟都像是會噬人，稍一不慎，自己就會被拖入隱形的樊籠裡。

我說：「因為母親不願意。」然後敲下幾個字：「畢竟母親身上仍有債務。」

訊息那頭丟來一個網址，我猶疑地打開，不曉得這是否為業務員的話術。

「不管有沒有要保，都可以先把問題解決喔。」

點開網址後，是與債務相關座談會的報名表單。周六下午，我半信半疑地踏入了自救會，台上的人說著「債務是可以解決的」，我把自己越坐越沉，想要逃避台上投射過來的目光。

我不是卡債族，我不是欠錢的人，請不要誤會我，欠債的人不是我。口罩、漁夫帽、墨鏡，此刻我竟然渴求這些物件的存在。

然後下一刻，就在律師投來的眼光裡，放聲大哭。

倘若是過去的工作時刻，在鏡頭前，受訪者眼淚落下的那一刻，我會出自本能地感覺安心，儘管明白這樣的自己麻木無情。手中的攝錄影機鏡頭會順勢 zoom in，快門聲此起彼落、閃光燈打亮房間的每個角落，只希望多拍下一些煽情的畫面。喜怒哀樂，沒有什麼比得上人的悲慘，還要能夠予人共感，觀者慶幸自己並非是最淒慘的那人。但此時，我情願鏡頭是轉向房間裡的其他人，而非自己。

每個人坐在這裡，講述著自己的由來、欠債的緣由以及金額，律師以及實習律師們在每一個人的言說裡，試圖給出解方。

倘若真有解方。

△

鏡頭 zoom out。

我帶來紙筆、錄音筆、DV、照相機，攝影大哥在旁架起打光板，補足空間的亮度，而我佯裝熱絡地與在場的人寒喧、介紹。我潛身進入自救會，保留了自己的模樣，對著會長說想要採訪受害人的故事，只因為自己也深有所感。如預期，會願意亮相、曝光的，都是已經脫去債務的人們；仍深陷其中的人，在鏡頭掃視而過時，總下意識地掩起臉。而更多的，是早已經承受不了這樣的壓力，決心自己或與家人走上陌路，留下令人遺憾的痕跡。

「沒有永遠的正職工作，沒有穩定的生活。約聘、約雇、約用、臨時人員、派遣工，你想要哪一個？」

欠債的人都清楚明瞭，自己名下不能有會被查到的薪資收入，否則很輕易地，一紙強制執行的公文寄來，就會扣去三分之一的薪水；而當債務人找上門，不動產查封、法拍，名下的汽機車也無一倖免。若有子嗣，總會通知子女：請記得在自己過身時拋棄繼承。儘管早已修法為限定繼承，照理不會為巨額的債務所苦，但大多仍希望兒女跑這樣一趟，希望他們不要走上同樣讓家道中落的路。

這樣的話語，鮮少有人願意言及，大家總以為這是距離自己很遠、很遠的故事。

「誰叫，妳/你有債務。」

我偷來這些故事，想將之包裝，印上紙本，化作影音，然後想悄然地在一日裡，將這些內容偷偷寄送予母親。只是未盼得這個時間，紙本的效力便日益衰退，巨大的網路流量取代每周固定出版的紙本雜誌，流竄於 Line 之上的，是網路上拼貼剪接而來的故事或謠言。

採訪出刊的那日，我訂好車票，想將母親帶上來北部，直面這些被我竊取故事的人們。母親請了假，帶來銀行的文件，坐在我曾進行訪問工作的房間裡，房內的眾人看著巨額的數字，不知道還能多說些什麼。那天結束後的夜，其中一位受訪者對著我說：「妳要不要把媽媽接上來一起住？」

在暗黃的人行道下，向人群揮手，我將母親帶回賃居處，兩人在同一張床板上，久違地一起睡上一覺。幾次翻身，都忍不住盯著暗夜的房間牆面，繼續尋找那一副彷彿對著我們兩人的攝影機，想要將之毀去。

幾個月後，我簽下了保單，在生效的那日，信用卡簽結了大筆的費用，只想要為自己與母親買上一份保險，希冀未來一切就能無虞。

碎裂的這一年裡，我也同在工作中浮沉，親密關係幾度破裂。母親會定期捎來訊息，報告案件進度，委任的義務律師會告訴她上了法庭後，面對債權人該說的、要做的，這一切都需努力備齊。

「也換了新工作。」母親說。

她從上一份被扣去薪水的大樓清潔員工作離開，換為市府場館外包的清潔人員，她知曉我想要從現今的生活中脫出，而不服輸地說：「想要多賺點錢。」更多的是，她想買回一個屬於自己的家。一周僅僅休息一日，早上七點便到工作崗位吃豐富的早餐，以應付一日的體力勞動：趴伏在地上，刷洗大量旅客到訪弄髒的區塊，而她也只會喊累，未曾棄卻。

回家碰面時，她總是喜孜孜地說著，因為這樣瘦了許多，更年期的臃腫轉瞬無蹤。

但就在某次返家時，她抓撓身體，說前陣子起了蕁麻疹。離家後的過幾日，她到了診所，醫生說是帶狀疱疹，皮蛇，因為壓力致使的免疫力不足。

她說：「沒有健保給付，要自費打針。」

然後配上一個哭臉的貼圖。

「問了保險員，他們說這不是意外、沒有住院，所以沒有給付。沒辦法，要更加節省了呢。」母親這樣說著，附上笑著流淚的卡通貼圖。

心裡頭惦記著周一傳來的訊息，想著周五抽空南下一趟，卻始終因為工作而延宕。我總是擁有理由的那個人。

再一周，上班日的周一，在我想要逃避一切工作的此時，母親傳來訊息，說：「打了五天的針，已經好了噢，不用擔心。」

個

上班通勤途中，我想像遠方，對著那個始終盯著我們母女兩人的鏡頭，母親拉起衣服，說：皮蛇好了。一周過去，病癒，一切好像什麼都沒發生，但在我眼底的鏡頭裡，彷若仍看見母親緊抓著錢包前往診所的背影。我滑開手機螢幕，想寫下與愛有關的話語，但停住了。

此時，電話震動起來，上頭是陌生的號碼，不曉得是不是哪裡來的通知，會是律師？還是法院？我有些緊張，手滲出汗來。

向右滑開了按鍵。接聽。

「小姐您好，我這邊是汽車借款，敝姓林，想知道您名下有汽車或不動產嗎？」

「不需要。」有些無力的我說：「但，還是謝謝妳。」

掛上電話後，Line 跳出新的交友申請：車貸林小姐想要加您為友。猶豫了一陣，還是按下封鎖，盯著螢幕，想著距離下公車還有些時間，手指按開 Line 中與母親的對話框，寫下：「媽，早安，愉快。」

看著對話下方出現已讀，公車駛下高架橋，就要到站了。矗立在諸多辦公大樓之中的辦公室，有著刺眼的玻璃帷幕，卻也這樣收容著如我們一般的上班族。

來到車門口等待下車，我把手機放回口袋，過程中，手機似乎輕震了一下，我知道，那是母親回傳的訊息，猜想會是亮色文字、蓮花背景的圖片，說著「感恩」，或「平安喜樂」，加上一些人生格言，就成了我輩戲稱的長輩圖，日日轟炸、早已取代清晨的鬧鐘，但不知怎麼地，我卻感覺十分安心。

因為，我知道，訊息的那一頭，母親會對我說：早安。

擱淺顯影

螢幕上傳來母親的 Line 訊息，她的 Line 大頭貼仍是參加我畢業典禮時拍的兩人合照。都過了這麼久了，可以拿掉了吧，媽。忍不住在心裡這樣咕噥著。那時，她帶著剛做完膝蓋手術的外婆一起搭高鐵北上，兩人在台北車站意外沒迷路地搭上捷運，出現在校門口。

「厲害吧。」她自豪地說，臉上映著神采。

撥碩士帽的穗、在具有歷史的校門口拍照，那大概是她的女兒最光輝的時刻了，然後女兒進入社會，一點一點磨去稜角，也失去了與南方家人的音信，母親也像是不想讓人擔心一般，訊息傳來皆是照片與貼圖、隨手轉錄而來的故事，偶爾加上一些網路謠言假新聞。

工作數年，終於有機會掙得一些休息的時刻，因此我先斬後奏地訂好機票才傳訊息：「媽，我們一起出去玩吧。」

出發前一周，母親Line來詢問要準備多少衣服、展示新買的背包，以及出發前一天說著，她要搭早上八點的高鐵到機場、怕高鐵誤點。

但是，我們的飛機是下午四點啊。

出發那日，會合的中午，一踏進美食街，便見到母親心滿意足地坐在位子上，加以她的行李箱與後背包，問道：「我換了三萬日幣，不知道夠不夠？」我坐在對面，依然保持著臉上的笑容，說：夠。

曾是導遊的她，也已經十多年沒出過國了，護照終於在旅行前換了新的。後來想想，帶媽媽出去玩其實多是女兒的任性，在京都往來於一間又一間的神社，美其名是想要祈求親朋好友的身體健康闔家平安電子電器安全，實是為了滿足自己的迷信。每到一間神社，母親就會說：「又要去蓋章囉？」看我在參拜後攤開朱印帳，心滿意足地讓巫女在上頭寫下參拜日期與神祇的名字，宛如大人的集點遊戲，母親忍不住說：「妳上輩子會不會是個修行者啊？」

但與母親一起出門，並不是那麼容易的事。

我害怕著趕不上新幹線、check-in遲到，而精神緊繃起來。

因為這樣的擔憂與三歲時自己在東京的記憶疊合了，三歲的我在電車上遺忘了母親的包包，而在日本的街道上被訓斥了一番；來到現在，我看著她在剪票口找不到要刷的車票而慌張的模樣，自己卻絲毫感覺不到所謂復仇的快感。如今她老了、我大了，對於世界更加熟悉、具有氣力，卻只希望自己可以對過往的不快釋然，也解救那個在成長的過程中受傷的自己。

友人捎來訊息：「難得機會就跟母親好好相處，畢竟不知道還會不會有下一次。」

記憶的篩子停留在此，旅程的終點依舊是愉快的，拍立得的底片緩緩感知熱度，記住了那些模樣。現實還是追趕而來，返程繼續工作過數月。

冬末，新聞畫面上，船隻的油汙洩漏在海岸上拉出綿延的墨跡，毋須往前，凝油便沉浮在腳旁，未穿著防護衣的人員打撈著殘存的油汙，見證著世間的罪與惡。

晚上十點，準時暗燈的百貨裡，我和母親信步走下樓梯，穿過巨大的木雕之間，這樣的景色是最後一日，明日過後整棟百貨都將割售、再度易主。再見店員、再見保全、再見在此處營生的櫃姐們，儘管在這裡的多半都是二度就業的婦女，漂流至此，然後又再度漂向下一個去處。

從樓梯間離開，打卡鐘旁的保全打盹著，喀喳的打卡聲也喚不醒他。打什麼卡呢？明日開始，就不必工作了啊。這裡是沒有空調的區域，跟外面等溫的空氣。

最後一日了。

母親漂泊至下一份工作，同時銀行也趕上來，送來幾份文件，強制扣去薪水，用來填補深不可測的大洞。「還是被找到了啊，」隔日，母親就遞出辭呈，就算這一次大樓清潔工作做來有些起色，主管稱讚，或許有拔擢的可能，但仍是只能隱匿於不可見的暗處，讓債務不再浮現，安靜地過去。只是終究還是疲倦了，一次又一次地面對憂鬱的深淵。

「什麼時候會結束？」她問。同時道歉著，要我記得去拋棄繼承，莫讓憾事重演。在她們的年代裡，這樣的故事並不少見，為人作保、經商失敗，為著生活投出一筆筆金額、刷出一筆筆費用，終究仍是被吞噬掉，不會富有，也不會窮困到露宿街頭，只是永恆地有一股陰影伴到老死。

浮現在記憶之海中的，是科學家發現了超級細菌，有些能夠食盡海面的油汙、土壤中的毒性物質，但直到今日，我們仍是為著蔬菜上的一點農藥殘留就震驚擔憂。

更闇、更闇。

作為讀者，我渴望卻也害怕，在他人書寫的故事裡看見相同的自己。

灰撲撲的港口、噬人的海怪，以及牽著年幼孩子往海洋深處走去的母親，在詩化的語言下像極了超現實電影裡的情節，而我卻不只一次地透過畫面以及文字，得到感召，與抹開的生活切片貼合，然後一口咬下，沁入身體。

翻開書頁，指尖碰觸句子往下，我想，這不就是我的母親嗎？從這裡開始，我在字句中成長。寧靜的午後，母親與我一起坐在速食店內，我吃著麵線羹，坐在對面的母親看著我、卻也不是看著我，靜靜地流著眼淚。

然後她寫日記。

我有時候偷看，因為那就擺在我的書櫃上、與吸血鬼的故事一起，那時候懂的字夠多了，但也還是很難完全讀懂母親潦草的字跡。如果知道家會離散、崩解，在北上之時，我就應當把這日記隨身攜帶，至少到了此時，我已能辨識那在淚水之中寫就的文字，狂亂、爆裂，卻又在最後一筆時內斂。

我們時常到有海的地方旅行，在海底溫泉依舊屬於海的時候，到達了另一座島嶼。最後一天旅行團的集合時間要到了，母親將我叫上機車後座，往港口反方向騎去，到達半山腰上，她看著遠方的睡美人岩與哈巴狗岩，讓我拍了一張相。

喀嚓。喀啦喀啦。過片。

十數年後站在同一個地方，我才突然領悟，她是想要錯過船班的，想要留在這座島嶼上，過一個不同的日常生活，告別原先的工作與人生。母親牽引著尚年幼的女兒，往吞人的海裡走去，成為一尾海魚，恆久地泅困於缸裡，然後打撈上岸，過一個失憶的人生。

如今我坐在工整的位置之中，周邊陳列著文具、電話，桌上型電腦被筆記型電腦取代，日常的瑣務像極母親年輕時的樣貌，踏上飛機往來各個國度之間，異鄉是他鄉、也是唯一能夠覓得的喘息之處。

坐在即將落地的飛機上，經過十數個小時的飛行，可以偷偷掙得一日，但一旦旅程結束，返回居所，日子卻又像是被窗外無盡的黑夜偷走一般，少了一日。漆黑的永夜，睜眼闔眼總是黑夜，旅人的歡快與我們無關，我們只是在此地孤獨地丟失自己，旅行不是為了生活，而是為了生存。

在機艙之中，只剩下乘客的鼾息，以及摸黑尋找日記本的自己，仰賴著曆法，告訴自己如何趨前而去。原來孤獨是不會停止的，從子宮裡就開始，尚未發育的女體裡有著數萬個孤獨的生命，等待成形，在溫熱且富有胺基酸的水裡成長，母體所食所思所想所感透過臍帶進入了自己，就算海水將自己滌淨，就可以成為一個透明的人嗎？

我感覺自己已經很老很老了，從翻開母親親手寫下的日記那一刻開始，直到世界的浪潮將自己打翻。愛比死更冷，夜晚過去、天亮以後，我就三十歲了，天真和純淨已經離得很遠了，在生存的每一日，我們僅存在於日常重複的業務與想望之中，告別夢想，接受平庸的自身，教育殿堂之中所教授的與社會無關，無所謂理想抱負。那個時候，世界又會如何對待我輩，如何將在海水之中近乎窒息、溺斃的我們打撈起來，告訴我們，這個世界依舊值得妳待下去。

不用幾年，台北地下街的盡頭就已不再通往客運台北西站，但整排亮晃晃的燈光以及商家，依舊適宜閒晃，彷彿不會有盡頭，可以一直逛下去。沿途買下一雙三百九十元的便鞋替換已經開口笑的冬靴。母親捎來訊息，說她已然在北上的列車上。

幾次的假日、欲雨的城市裡，一場場與債務清償相關的說明會召開著，說是能夠協助清償這些債務。

宛如捉到浮木，不願放手，因為再過去，早已經沒有路了。

「是可以解決的。」

螢幕上出現的是一名單親的母親，說著自己當初逃離家暴、為了養家，因此只能用一張張的現金卡換取生活的資糧，然後在循環利息的日常中被壓得喘不過氣。是不是就要放棄了？她自問。在一次次街頭行動中，她站了出來，她從那深不可測的海底緩步出來，還有更多、更多的人，終於不必潛伏在水面之下。

「會很漫長喔。」她說，「妳們要有心理準備。」

母女流淚對坐的畫面依舊清晰，眼淚仍是濕熱。母親感慨地說著，解決之前，或許都不再能夠有任何旅行了。

吶，沒關係的，一切落幕後，我們再一起出去玩吧。

我想像，離岸的那些油汙，也終於盡數打撈起，重現出原本的模樣了。

卸殼

童年的記憶裡有一片沙灘，貝殼俯拾皆是。

每一次的家庭旅遊，我們都必定要到那裡的沙灘上去晃過一圈，逡巡來回只為覓得一片自己未曾見過的貝殼，帶回分袋並標上曾經去過的景點，不知不覺地，已經收藏了整整一箱。幾年過去，家中經濟不如以往，家庭旅遊的次數減少了，終至再也未曾一家人出遊，那箱屬於童年的祕寶仍安安穩穩地擺在書桌下，與異國的紀念品一起收藏著，直到消失在記憶的角落中。

曾經做過這麼一個夢，箱子裡的貝殼原來全都是活的寄居蟹，牠們在睡夢中被帶走，到達一個陌生的地方，睜眼醒來成群地竄逃。

牠們就這樣背著家到處走著，這樣與家緊緊相依。

个

大學學期結束了，整棟宿舍的人來來去去，腳步急促地上下樓梯，在走廊上來回奔跑，隱隱地躁動著遷徙的氣氛。走廊上堆疊著比人還要高的紙箱，室友的爸媽們進出著催促女兒趕快動身，不消一刻鐘的時間，原本嘈雜的房間便歸於靜謐，而我就坐定在這些聲響中，穿上最好的一套衣服，卻沒有離開的打算。

暑日將至，我沒有回家，說是要留在台北打工不回去了，若是回鄉，工作會難找得多。從期末考就開始不停地投履歷，最後找到了個文書處理的工作，輕鬆、但乏味。看著朋友同學們一個個回家，各個笑顏逐開，親密的、交惡的，如今都不在這座城市中了。

不回家的真正原因只同幾個親密友人提過，住了十幾年的房子因為一些法律問題而匆匆賣掉了，十分倉促。在上來台北念書前其實就已被母親告知可能要搬家，但真正發生時，就連母親都措手不及。

「再不賣，就要被法拍了。」

「賣的價錢遠不及當初買的一半，我好難過……」

夜裡常常接到母親的電話，她在電話裡哽咽，連帶著我也失聲問道：「那妳要去住哪裡？」

「旅社吧，我也不好意思再回去娘家了。」

我問母親要不要我回去幫忙打包，她說不用了，她不想讓我看到家裡頭散落著行李的模樣，像極了逃難，「難看死了，」她說。晚上工作結束她一個人收拾家當，夜深了，以棉被裹身睡在沙發上，四周是以黑色大垃圾袋建築起來的堡壘，垃圾袋裡頭裝的是一整個家的歷史，如今被匆匆包裹於袋中，等待遷徙進另一個陌生的倉庫裡。

一個家的崩毀，竟是如此地簡單。

我想起記憶中的那個家，在小巷轉角，兩個人住略嫌大了點的透天厝，填塞的全是母女倆捨不得丟的家用品，門口越堆越高的紙箱放的是母親工作需要的物品，也是母女兩人用來抵禦外界關懷的殼。房子的產權出了問題時，也都是母親一個人隱忍著，直到她那肉身再也無法承擔，才戲劇性地爆裂而出，家族裡的人訝異無比，但那時，也無法挽回了。

爆炸發生之時，我選擇逃避，刻意疏漏母親打來的未接來電，讓手機響了整夜，冷漠以待，假裝自己不為所動，當母親在電話的另一頭聲淚俱下時，我佯裝鎮定地在人群中談笑。

也許不願回家，是為了逃避見到母親的倦容吧。

暑日的台北看來格外陌生，所有可以聯繫的人都走光了，也許他們也在逃難，提著笨重的行李、站在郵局窗口寄送體積龐大的學生包裹、在高鐵的排隊隊伍中搓手等待，想要自渾沌的異地生活逃回熟悉的環境裡；但其實之所以在異地生活，也都是出自於自己的決定，想要到大都市來開開眼界。

而我留下來學習一個人生活，一個給予自己的課題。猶如生活在孤島上，每天固定時間去打工，三餐一個人草草解決，比較多的時刻是待在自己的房間裡讀書寫作，看似愜意，但隱隱仍是有什麼放不下。打電話回去得知母親已經離開了家，住進旅館。

「很簡陋，我總是沒辦法順利地上廁所，妳知道我不願意上家以外的廁所。」

因為旅館本身沒有停車場，所以每天十點下班以後，母親都要在旅社的周圍繞許多圈，才能覓得一個車位。

「晚上十一點多，我會跟路邊的一隻小土狗聊天，牠很乖，每天都會等我回來。」她說：「妳不跟我說話，我就跟牠說。」

電話的另一頭，我只能說著「嗯」，再多的話也無法出口。

夜已深，馱著沉重負荷的母親走在巷道中的模樣，不知為何，想像起來格外熟悉，她背負著的就是家。躺平在宿舍的床上、躺平在旅館的床上，我們都躺在一張屬於自己、卻又不屬於自己的床。

一個人靜靜注視著那黑暗，失根的感覺特別強烈。

✧

現在再去到沙灘上，都不撿貝殼了。

曾經見過公視拍的一部紀錄片，寄居蟹因為沒有了可以棲身的殼，紛紛選擇棲身於瓶蓋之中。一直覺得寄居蟹是種很可愛的生物，因為長大了而不堪使用的殼會褪去給較小的同伴使用，有種生生不息的旺盛。只是現在牠們只能選擇棲身在不具有任何歷史的居所、一個褪去之後隨即成了廢物的居所，人類看了是驚愕，牠們住起來想必也不會太舒適。

那不是家。

家應該是怎樣的形體呢？不是旅社、也不是宿舍，那都只是一個棲身之所罷了。在宿舍中，一切從簡，因為只是暑假暫住的房間，所以期末時打包的行李到了新的處所，也都沒有打開，只有需要時才會在箱子中翻找。遙想南方的旅社，不知怎地，我只能想到泛黃的床單、幽暗的走廊、老態龍鍾的領班，每一個房間都蘊含著一個故事，而母親就身居其中。

那是關於一個女人的尊嚴。

父母離異時，母親會帶著年幼的我回娘家住，母親每天從娘家出門上班，久而久之鄰居們竟有了閒話。祖父母是愛面子的人，自然承受不起這樣的壓力，母親又何嘗不是？初出社會的她便用了苦苦攢下來的所有薪水，買了間透天厝，在當時不算便宜，而這一住就是近二十年，直到它不再屬於我們。

彼時年歲尚輕，可以說是遇人不淑，才得寄人籬下；此時已是徐娘半老的年紀了，想必更是止不住街坊鄰居的嘴碎。

靜靜地我在台北回想這一切，是最不願意觸碰的部分，就像褪去殼的蟹體一般，白軟的肉身脆弱易感，對於外界的風吹草動感受特別深刻。窗外下起暴雨，便會希望母親不要淋濕了，而這些話，我是從來無法同她說出的。為此我常常怪罪於東方人的含蓄內斂，較西方人的大膽示愛比起來，東方人實在保守得多。

直到我再度將武裝的殼裝上，才敢搭車回家。甫下客運便到外婆家落腳，卻是按捺不住地往外跑，在黃昏的公車總站，等待那班引領我回家的公車。

隊伍拉得很長，搭這班公車的人不少，但班次卻不多，常常要把車體空間運用到極致才能塞下所有歸心似箭的人。我擠身在他們之中，體會到的是過往背著書包回家時從未感受過的，我也許是要歸去，歸去一個不屬於自己的地方。漸漸地有人下車了，新鮮空氣逐漸盈滿老舊的冷氣車裡，坐在博愛座上的老人打著盹，我望著窗外熟悉的景象，它們將不再屬於我。

下了車，我像是要闖入什麼軍事重地似地緊張難耐，走入熟悉的小巷，位於街角的那棟透天厝真實地如夢似幻。我想起上大學以來第一次回家，搭了五個小時的夜車，一整夜僅是淺眠，頭昏腦脹地到了家門口，發現母親正敞開門等著我回來，我拎著巷口買的飯糰與她一起吃過早餐，待她出門上班之後，在床上睡得酣熟。

此時鐵門深鎖，身上還留著鑰匙，但想必是打不開了。屋裡頭透出亮光，我實在希望那是母親忘記關的一盞燈，總是會有那麼一盞燈照亮整個夜晚，直至白日才將其關上。我懸念著幾個書櫃的書如今去了何方，那些童年時期留存的美好又是流落何處，我想將它們統統都帶回北方，不再分開。

在屋外徘徊已久，也許我只是期望門會再度打開，見到母親見我在門外的驚訝神情，而那是無可能的了。

再度搭上那班帶我回家的公車，而這次，它將帶我永遠離開。

⛛

寄居在外婆家的日子，母親會暫時跟我一起住，離開暫居的旅社。晚上十一點盼到母親下班回來，紅色行李袋裡是她的換洗衣物。外婆家的人都早睡，十點就準時將鐵門鎖上，不消一刻鐘整幢房子便陷入死寂。我與母親在這幢巨大的房子裡，吃宵夜、看電視，享受僅有可以相聚的時光，因為我知道，明天早上當我醒來，母親就已經出門上班了，而我也不會在此多做停留，頂多是一個周末，周一一到，我回到台北繼續打工。

兩人之間鮮少有交談的時刻，大多時候都是直盯著電視螢幕，母親也從不過問我在台北的生活，只是偶爾還是會嘮叨幾句，而我也只是虛應故事。像是共有的默契，兩個人都不願碰觸到共同的傷口——那些家具都去了哪裡？將來會有地方安置嗎？

而我們，又要如何過下去呢？

熄了燈以後，兩人睡在同一張床上，已經許久未曾與母親同枕而眠，卻聽見身旁的人來回翻身，怎麼樣也睡不著。

凝視著眼前的巨大黑暗，似乎要將人窒住了。我抱著的是母親自家裡帶來的抱枕，那是戰亂時刻唯一能夠搶救出來的。

黑暗中，母親說：「一定要再買一棟屬於我們的房子。」聞此言，淚水不知不覺地沾濕了枕頭，奇異的是我卻也因此安適地睡去。與母親同時入夢，靜靜地，我竟感覺到家。

隔日早晨，見到母親坐在床沿整理行李，正準備去上班。她扛起那個紅色行李袋說：「妳一回去，我就要去住旅社了。」

畢竟是沒有留下來的理由。

我細看母親的臉，以及她肩上斷了一條帶子的行李袋，好不吃力，忽地有些不忍，我還是沒有辦法對她說愛、好愛妳這種字句，只能替她搬其他的家當進車。自玻璃門的反光見到馱著大購物袋的自己，我也同母親一般，變成寄居蟹了啊。

个

離去之前，母親扛著一袋我高中時的衣服，還有從小到大收藏的玩偶，問我有什麼需要留下的。我看了看，原以為已經失去的這些又開展在面前，但我依舊是擺擺頭說都不用了、不需要了，然後讓這些東西堆到陰暗的倉庫裡。

有一隻玩偶是當年高雄尖美百貨虎年的娃娃，不知道為什麼母親把這隻拿了出來，時序也來到虎年，過了這整整十二年，尖美百貨早就不存在了，而家呢，我也遲遲不敢回頭去想。

我說這些衣服跟玩偶就捐掉吧，也不戀棧，小時候苦苦收藏的泰迪熊過了十幾年依舊十分新穎。母親挑出了幾件休閒服說要留著穿，我不忍看。還有那些書，母親說：「書多得可怕，目前都堆在跟人借的倉庫。」我已經不期待自己有天會買房子，然後把這些書都收回，一本一本地放進書櫃裡收藏。若真有那麼一天，這些書也早已經流離在時間的變動之中，難以尋得。

要說人生有什麼值得失去，我想可以失去的太多了，而每每失去的都是在心中占有一席之地的重要東西。

把這些東西一箱一箱地搬上車，送到暗不見天日的地方，我突然覺得，再失去什麼都無所謂了，反正接下來的人生裡，我也只會再失去更多更重要的東西，而無力阻止。

仐

回到台北以後，只帶回一些家當，多半是書，還有一些是異國的紀念品，其中有一小袋是當初忘了標記日期以及地點的貝殼，安安靜靜地待在袋中。

小時候的我，總愛撿拾那些在沙灘上安穩躺著的貝殼。

到附近去買頓晚餐時，走進一條人聲鼎沸的巷子，混雜著脂粉味、油煙味、人的氣味，以及人們吃完麻辣鍋後談天混雜而成的城市氣味。

離開這裡，轉進另一條巷子，走回自己的房間。

接到母親的電話，她說：「舅媽他們在日本買了房子，說不定哪天我們也可以有自己的房子了。」

我們都期待著那天的到來。

我感到有什麼隱隱生根，空氣飄散著肉眼不可見的孢子，緩緩地落在乾枯的大地，外頭下起無聲的雨。走到窗旁，我靜靜看著大雨過後蓬勃開展的菌落。生命充滿著平安喜樂，平靜非常。

轉身望向桌上袋中的貝殼，許多隻寄居蟹已挑好了適合牠們尺寸的殼，身居其中，牠們狼狽的蟹體再也不必在砂地裡磨出傷痕，這些殼，如今都找到了真正從屬的處所。

我恍然想起母親背上的重荷，以及附在自己身上那些無以名之的傷悲，如今似乎都已卸下，困擾著我們的那些，都已不復存在了。

我喜熊

記憶中，我的童年時光沒有辛苦過，在百貨公司看到泰迪熊專櫃，媽媽會買一隻熊玩偶給我，這是她對於自己掙來的錢略有的小奢侈，理直氣壯地享受著，也是她期盼我可以擁有她未曾擁有過的美好童年。

記得小學時期，學校會發下調查表，在「家境調查」的部分，我總是毫不猶豫地勾選了「小康」。那時有著自己的公司、媽媽是當「老闆」這件事，總讓我相信自己是出身良好的家庭。

只不過是沒有爸爸而已，這件事從未困擾過我。

母親做過各種工作，在旅遊業發達時成為成功的女性，獨自扶養女兒長大，過上好日子的代價是我自己在房中睡著、過夜，她帶團出國時會請來保母，保母等到我入眠後便離開。再大一點，我有一條繩子製成的項鍊，掛著家中的鑰匙，自己開門。總歸是這樣度過了童年。

寂寞嗎？或許有一點。暗下的夜裡，我獨自在房內，無法思考太多，只期盼自己能趕快長大，每一夜醒來，就更靠近長大一點。

逐漸長大的路上，母親的工作換了許多，到賣場銷售、抄錄報表，晚上到火鍋店洗碗，有陣子則是在麵包店工作，下班後帶回許多麵包邊。不在家的時刻越來越多，直到深夜，都未曾見到母親的身影。

我始終相信，無論母親做什麼樣的工作，那都是一份極佳、極好的工作。

到我離家的一刻，房間裡仍堆置著熊的玩偶，標誌著過往的榮光。過年時期返家，她也總是無休，在商場裡穿上充氣的玩偶裝販售物品。其他親戚見狀，只說：「不忍看，看了會心酸。」之後轉身離開。而我就站在那裡，看著吉祥物玩偶旁聚集了許多小孩，他們用力拍打著充氣的大玩偶，在那個大大的玩偶裡，是我的母親。

是怎樣的玩偶呢？巨大的人偶、後面還有著充氣的風扇，不會露出臉，因此大家不知道裡頭是一名疲倦的婦女，為了生活努力。母親老去、邁入中年，而我則一步步從童年走向成年。

搬過幾次家，如今唯一留在手邊的是大學畢業時母親送的學士熊。擺在床頭，我看著僅有的那隻熊，心中湧起的是一股複雜、說不上美好的情緒，旁邊留存著一張感熱紙印成的發票，母親在上頭用鉛筆寫下：

生日快樂　by 媽媽

母親始終記得我拿到熊的快樂模樣，以及那時仍有餘力買下泰迪熊的自己；如今換作大賣場花車平價、但一樣柔軟的娃娃。

在她心中，也許我仍是那樣柔軟美好、只想緊緊擁住她的甜美模樣。雖然我可能早已不再如此，但這樣一張紙條，我仍捨不得丟掉。這張紙維繫著童年以及成年後的自己，無論如何，每一年都仍有所期待，想著會收到什麼，但我想，我已然擁有那一份最珍貴的禮物。

輯二

壞、空

陪病時光

生日前一天的晚上，手機突然響起，這一通電話，打斷了我與朋友的晚餐聚會。

自從高中畢業北上後，已經獨立生活近十年，習慣被工作、朋友聚會填塞時間，日常之餘習於跟母親用 Line 文字對話，彼此知曉沒有消息就是好消息，在見不到面的時刻，便想著對方很好。

如今是母親打來的電話，急促而直接。

接起電話，另一頭的母親一開口就虛弱地說了句：「對不起。」她正在醫院的急診室。原以為只是習慣的頭痛、吃個止痛藥、掛個點滴就好，但沒想到在照完腦部的斷層掃描後，醫生不准她出院，並且一定要找家人過來。

是腦出血，並且是腦部腫瘤破裂引起的出血，讓她中午的清潔工作進行到一半時，頭痛難忍、嘔吐出胃袋中的食物、躺在地上動彈不得，工作地點的同事叫來了救護車。她不敢麻煩住在同一個城市的外婆，也就是她的母親，才打給我。

掛上電話，無法思考，只能先回賃居的房子將盥洗用品裝進行李，搭最後一班高鐵南下。

出高鐵站後，搭上計程車抵達醫院，彼時母親已經轉至病房。深夜請不來看護，我便待在病床旁，看著母親床頭掛著「禁食」、「預防跌倒」的小卡，腦出血急性期僅能注射點滴、觀察出血狀況是否變化。護士囑咐，若出現語無倫次或昏迷的症狀，要記得通知護理站。

接下來便是等待，等待進行許多檢查，我守在病床旁度過了生日，期間推著母親的病床上下電梯、到不同樓層，注射顯影劑、躺在醫療儀器內，途中病床稍有一點顛簸，母親便會忍不住哀嚎，是那樣的疼痛。

大多時候，我扶著母親從病床到廁所，但到後來，買好了尿布，母親卻無法放心解尿，因此護士便來替她插上尿管，我因此見著了母親袒露的身體，母女之間已無所間隔。

在幾次醫師會診後，終於敲定了開顱手術的時間。

病床上，母親終於在我面前落淚。她說，不想拖累我，然後，不想剃光頭。

「這什麼原因！」我笑出聲來。「妳光頭也會很漂亮。」不善於安慰人的我，只能說這樣的話語。

醫院地下街的美髮阿姨到病房來，帶上器材，不用下床走動，躺著也能夠洗好、剃掉頭髮，溫熱的水沖掉母親頭皮上的泡沫。明日就要手術了。

手術那日正是南部連日豪雨的季節，整座城市被淹沒在大雷雨之中，甚至到了停班停課的程度。有些病人因為淹水無法如期來到，因此早晨五點鐘，醫院便來通知：「是第一刀。」

清晨時分，在大雨中坐上車，抵達醫院時，母親已經戴上手術帽。等待室裡冷氣意外的強，母親瑟縮在棉被中。

要進手術室前，我俯身在緊張的母親臉上輕啄一下。

「沒事的，」我說。

七個小時的手術時間，醫生幾度出來，說取出的組織會送病理化驗。

出手術室後，我買好加護病房所需的物品，送進護理站，母親便在加護病房待著，一天只有兩次探視時間。

這段期間住在醫院內，省去來往。每天的行程是醒來先到醫院的地下街吃早餐，上午十一點在加護病房門口跟其他家屬一起排隊、等待探視，戴上口罩、洗手、進到病房裡。

第一天進去，母親身上插著大小管子，以及令人無法忽視的引流盤，承接著血水，朋友囑咐過見到不要嚇到，因此早已有心理準備。進去病房，母親麻醉未退，叫喚她的名字時雖然有反應，但就像是lag的電腦訊號，延遲數秒。

「媽，」我喚。「有聽到嗎？」

「有。」

「有。」

母親重複了數遍，但始終直盯著前方，雙眼無法聚焦。

母親工作地方的人送來她上班途中留下的包，但當時仍在腦出血的急性期，也只能過了幾日有空再打開，原來是她的午餐便當跟來不及吃的水果。待症狀緩解後，我找了空檔回去清理，加上冰箱中不能久放的食物，也一併清除。

我細數著冰箱的食物內容，土雞肉、水果、豬肉，都是外婆給母親的，想讓母親少花點錢。

母親總是捨不得吃，因此仍凍在冰箱，或是包裝整齊後寄上台北給我。一個個冷凍的包裹，解凍後便能食用，都是這樣來的。

從那之後，就是母親住院的開始。

手術後的第三天，母親出了加護病房，轉至普通病房。

母親的頭不再疼痛，找來看護，她吃著看護買來的、或外婆煮的食物、或是醫院餐食。「沒事沒事，醫生說開完刀就好了。」她催促著我繼續原本的計畫，出國念書，離開這座城市，甚至是這座島嶼。她說她會努力復健，她只想趕快回去工作，不用人擔心。

我被母親這樣推著，想要繼續前行。幾天後到了預計出發那日，我上網先行check-in、收好行李後，前去醫院找母親，她剛完成那天的復健功課，躺在病床上得意地說：「我現在只剩下走路有點歪而已，醫生說只是手術後的後遺症，慢慢會好。」總之就是要我不要擔心。

午餐後，醫生來巡房，對著我說：「我們有些費用的問題要跟妳討論。」

被單獨找到病房走廊上，主治醫生才開口：「手術的切片病理結果是惡性。」那意味著惡性腫瘤、癌症，並且補充：「是從其他地方轉移來的。」他說，不知道要怎麼告訴我，先前只好都先把我支開，因為他們總記得在每次巡房時，都會有這樣一位母親容光煥發地對醫生、護理師、看護、其他床的病人，說著女兒將要出國去讀書，而她要趕快康復回去工作、繼續賺錢。

這讓他們難以開口，儘管知道幾個小時後我的班機就要起飛。

「但我們想，還是應該告訴妳。」

改變人生的這一年

明年此時，你想要完成什麼？電視上的節目主持人對著鏡頭這樣說著，受訪的來賓坐在沙發上，訴說明年想要達成的願望，可能是想要找到伴侶、想要減掉半個自己的體重、想要增添家族的新成員，然後一年後節目邀請他們回來，觀眾屏息等待簾幕拉開的那一刻，期盼看見他們真的達成一年前的願望；只是，有些人依舊孑然一身，有些人則是面帶滿足的笑容，告訴大家這是快樂或遺憾交雜的一年。

十年來在異地生活的雜物，依舊有著填滿整間套房的量，乾脆眼不見為淨地全數送往南方。完成打包後，我打電話通知搬家小哥，他前一天晚上來估價，報了個回頭車的價碼、確認我同意後，便開始上貨，等著隔天出發南下。

一早，我們簡單買了早餐，我坐在貨車的另一個位置上，座位下還有些瓶罐，隨著搬家小哥開上國道，一路向南。路上沒有太多交談，小哥快速行駛在高速公路，直到車行彰化路段，因為前頭的車急煞，發覺剎車不順的他最後拉起手煞車，總算緩下速度。他播了通電話，對著電話那頭的人臭幹譙一番，「欸，你這車煞壞了，我剛用手煞才停下來。」他說，「我等等要到高雄，還要開回台北，不知開不開得到！」掛上電話，他轉過頭來露出有些尷尬的笑容，「車子有些狀況，拍謝。」一路疾駛的速度，從那時開始變得緩慢，小心翼翼地保持著速度，直到目的地。

就像是從快速的台北生活回到輕慢的南方，也像是在預示著即將踏入緩慢與停滯的一年。

他卸下十數箱我的生活用品，我遞上剛買的寶特瓶飲料以及信封中的搬家費用道謝，小哥依舊很有活力地快步離開，可能得要先去把車子搞定吧。這個過程我已經十分熟悉，畢業後，在台北的每一年多是得重新找尋住處，也因此有許多物品是這樣裝載了多年，未曾打開。

回來時，因為鐵路地下化的工程，高雄車站前的公車轉運站已經圍了起來，等車的地方分散開來，以前高中生總會搭著來自四面八方的公車，匯聚在這個車站，魚貫地前往補習班，少男少女在電梯前排長長的隊伍，只為了進到教室裡，為著可能光明的未來埋頭苦讀。

考前一年、考前三十天、考前十天，國高中都被這樣的時序切割開，面對各式各樣的考試，篩選掉一批一批的人，淘洗出前往名校、醫學院的人們，若是考試時狀況不佳、實力沒有發揮好而失足，便會前往再隔一條路上的重考班，等待下一年。大概是因為這樣的時間跨度，才會讓人萌生一年是漫長的、一年是可以改變些什麼的，這樣的想法。

考上大學，高中老師驚呼原來我是匹黑馬，就像是考高中時，也同樣跌破國中老師的眼鏡，考了全校最高的基測分數。這始終讓我覺得自己擁有的都是僥倖，相較於日夜苦讀的同班好學生，總是在考試上流露粗心的我，是仰賴小聰明而獲得的成果。

北漂，像是取得了成功的門票，每每在車站搭上客運時，家人縱有不捨，但總是高興的，那像是突破某種階級的成就，不再是生活在南部的人，那裡的人不會有台灣國語、總是字正腔圓，未來是光明的。

台北吸納著來自四面八方被家人們催促離開的學子，生長在台北的同學對於十八年來都生長於台北之外的人好奇，某次，同班同學在大一課堂上湊過來，輕聲問：「你們家都是綠的嗎？」我怔了一怔，直覺回答並沒有，那一年母親還跟她的男友去參加馬蕭競選晚會呢。南方的人辨識得出彼此，讀書時在宿舍生活，享受日夜笙歌、翹課的美好時光，直到畢業後各覓去處與伴侶，逐漸長成更新的模樣。

讀書時為了省錢，喜歡搭半夜的客運，閉眼睜眼就抵達南方，待到開始工作時，便有了高鐵節省下時間，但能待在家的時間是更短了。

母親北上過幾次，其中一次是為了我的畢業典禮，她滿足地笑著說：「我也好想念台大。」她從書與電視渲染的大學中，認識了我的生活，也像是我替她圓了僅五專畢業的夢。

事實是，大學生活的我總是熱中於校園選舉、研究所則是社會運動，不在研究室的日子裡，就是在立法院旁，最後勉力畢業，她北上參與這樣一場成果展。

工作過幾年，在台灣生活得厭煩，有些同學早已經踏上打工度假、或追求更高學位的路，彷彿只剩自己依舊圍困在這座島嶼之中。下了班後準備檢定、修改英文履歷、聯繫推薦信、得到入學許可後，才終於放了下心，開始處理遠颺的預備。

而我來到這裡，距離那時把自己塞在制服中的年紀，已經過了十年。度過十個年度，我感覺自己又回到了原點，回到家，回到那段與母親一起生活的時間。

也許自己總是幸運的，常聽到其他人對父母叫喊為什麼不能支持孩子的夢想，我的母親則是全力支持我、毫不過問，只可惜，現實總不允許我們恣意。

從接到母親的電話開始，日子便像是一場旅行，更像是搭上班機，仍在飛行、尚未降落。

拖著行李，我沒有取消機票，但在機場等待時，我對自己說：去去就回。

與此同時，母親在病房中努力復健著，她仍相信自己只要復健完成，便能出院回家。班機降落在異地，我抵達學校，跟老師與同班同學告知家中狀況，跟他們喝上幾瓶啤酒、將原本找好的租處退掉，然後訂好回程的機票，準備回去迎接與母親一起的生活。

「接下來就是妳跟媽媽的心理治療時間了。」

走出機場、踏進病房時，我已經準備好錄音筆，心想也許要寫個訪綱，問她一直以來的心情、問很早就已經離開的父親的故事、以及她獨自一人撫養我長大的故事。來到病床前，過去我所做的事情，彷彿都是為了這一刻在準備著，而我覺得自己其實非常幸運，能擁有這樣一段時光。

我不是台北女生

萬安演習還沒開始前，警察與幾名輔警就已經在路口待命，等到警報響起，整座城市便安靜了下來。

我在速食店裡，等著半小時的警報過去，其他的客人也討論著餐廳裡同時響起的手機警報，體驗著偶爾被中斷的日常。無人的路口，只有幾台救護車能馳騁駛過，看著空曠的街道，我想起自己也曾經在那車上看著路上行人走避的畫面。

母親先是被送到地區醫院，在六人的病房裡擁有一個床位。確定要手術時，家人們一心想著讓她擁有最好的就醫環境，因此決定轉診到大醫院。轉診時，急救員前來準備，隨身的物品抓好，便一鼓作氣地上了救護車，母親在後頭，我就坐在副駕駛座，看著司機一路疾駛到目的地。救護車聲就像是城市中的通行證，前頭的車會自動讓開，司機幾乎不太需要減速。

等到病房確定好，找好看護，我再度北上收拾賃居處的行李。

踏進房間，散落在地上的是半開的行李箱，裡頭是原本準備出國的用品。在永和的租屋處也生活了三年，家庭式的公寓室友們來來去去，我成了住最久的地縛靈，但如今也要交棒給下一個房客。再過幾天，新房客一來，我就不擁有這間房間的所有權。打包、捨棄，丟進行李箱，請宅急便直接送往南方。

那是夏日正盛的時刻，強烈的雷雨胞襲擊南台灣，連續好幾日不停的雨，讓城市各處都淹了起來，因此罕見地停班停課，而我的包裹就這樣繼續停滯在物流站。

物流站位於高雄的加工區旁，在充滿貨櫃與航運公司的近港口處，幾乎都是實業公司。大雨停班的日子裡，此處仍有人在上班。我把從台北寄來的包裹領回，裡頭是來不及帶回來的物品，裝滿了整整兩個行李箱。

台北的生活用品與高雄過分重疊，母親早已經習慣囤積生活用品，想大概是自己一人無聊時，到生活百貨裡看著兩件較便宜的特價，想要省些錢，便一舉買下，只是可能也忘了自己曾經買過些什麼，而逐漸堆疊了起來。有許多沐浴、洗髮用品、清潔劑、垃圾袋，如同我在台北構築自己的生活時，也會有的行徑。

離家十年後，母女兩人生活的時間軸又重新縫合，首先要面對的是一室的混亂，那是生活中最難堪的部分，就如同對彼此袒露出傷口一般。離家以及空巢的寂寞，試圖用物質填補起，卻怎樣都填不滿。

長年受到債務的困擾，母親帶我去銀行開戶，並不是要存入大人們說的「長大後就會給你」的壓歲錢，母親說：「這個戶頭借媽媽用，媽媽不會害妳。」直到再大了一點，長出自己的意志，也對母親多了幾分恐懼，逐漸萌生拒絕的話語。

母親自那時起，便會說我令她失望。

決定暫緩惡性腫瘤的治療，離開醫院後，母女兩人一起思考下一步要往哪裡走，一起沒工作。在重複的日常裡尋找意義時，總是從過去共同擁有的回憶處接手，那是兩人還曾經一起生活的時刻。有一天，母親說她聯繫上我的童年玩伴，是一對姐妹，國小時我們都玩在一起，其中姐姐去了加拿大打工度假，她的媽媽許久以前在加工區工作，後來離開、換了工作，但至少現在過得還算不錯，正在加拿大探視女兒。

與她同樣年紀的母親，則是正處於是否要接受治療的關口。身邊的家人當然希望母親接受腦部的放射線治療以及化學治療，盼望有續命的機會；但仔細想想，這何嘗不是我們無法接受疾病突然侵襲，期盼治療也許能夠控制末期的病情。這是圍繞在她身旁的我們唯一操持的想法，而她依舊在思考。

因此我們總是避談治療，雙方都擁有各自的想法。為了填補兩人相處時對話的空白，她聊起我的童年玩伴，以及她的媽媽今年飛出國，跟女兒一起在加拿大生活，明年她們才會回到高雄。母親的語氣輕鬆，像是想要忘記自己生病這件事；而我卻只能想起身在醫院、希望母親接受療程的自己，心中油然升起一股怒意，「妳這樣，我怎麼可能放下妳，」我的語氣中有些賭氣：「妳為什麼不肯接受治療？」

母親看向我：「妳也沒有問過我，就自己決定不出國了。」

兩個人都不知道該怎樣開口化解空氣中弩張的氛圍。

經歷一陣短暫的沉默，母親說：「妳回台北好不好？我無法跟妳一起生活。」

窗外大雨落下，是我最討厭的陰沉天氣，雖然搭配低明度的音樂剛好。好像就是這種日子，讓妳以為人生就是這樣子了，在台北的一切就是全部了，然後忘記了高雄。

忘記了什麼是家，直到妳失去它。

爭吵

走進書店，總有一櫃特地陳設著「抗癌」的養生書，書名多半寫著：《名醫教你抗癌這樣吃》、《癌症照護飲食指南》，現代的焦慮在此時更為切身。腦部手術結束後，依舊是住院的日子，母親一面復健、一面等待血液腫瘤科主治前來會診，關於體內以及腦部的腫瘤，如今有了更具體的名字：癌症。

關於病理結果，主治醫師讓我來告訴母親這件事。母親在病床上，仍心心念念著復健結束後便能出院的未來，但手術後增多的檢查，以及我中止的學業讓她早已起了疑竇。因此不用開口，母親與我便都掉下淚來。

「為什麼會是我？」

這是從此之後，我最常聽到母親講出的話。

「轉移性腦腫瘤」

「病理切片：惡性」

切片報告以及病歷摘要上簡述著發病過程與診斷結果，我說服自己接受這項事實，竟意外地十分容易。因為知曉母親長年睡不好、飲食十分簡單，甚至是到簡陋的地步了，常常拍來午餐便當盒中一粒水煮蛋、些許菜，就這樣度過一餐。但儘管如此，仍是忍不住責怪自己，沒有幫她買健康檢查，或催促她到醫院做癌症篩檢。

決定繼續下一階段療程的某天早上，母親從醫院打來電話，因為放射性治療的副作用，她決定放棄治療。

她說：「怕了。」當然，也不想拖累人。

腦部手術後，病理化驗結果判斷是轉移性惡性腫瘤，且從影像上看來，仍在小腦部位有無法去除的大面積腫瘤，因此只能採取腦部放射性治療，在術後控制腫瘤大小。母親總一次次向來巡房的醫生問：「會好嗎？」但無論是神經外科還是放射腫瘤科醫師，都不敢肯定。他們都說：不能不做。因為儘管腫瘤不會消失，但不做的結果是腫瘤依舊存在，而且很可能會繼續擴大。

只是在第一次放療後，當夜母親便嘔吐、發熱，雖難以判斷是否是來自於放療，但母親卻堅決說不要了。

放射腫瘤科的醫師來說明不治療的後果，可能腦部腫瘤會變大、壓迫到更多部位，但母親仍執意如此。待到醫師離開病房，只剩下我與看護一同在房中，不知道能找來誰協助，便走進設有祈禱室的樓層，跟牧師談論母親的決定。牧師說知道了，便來到母親床邊，與她一同祈禱。身心科醫師也來到病房，問母親：「發生了什麼事？」不知道還能做什麼的自己，只能在一旁看著，試圖接受母親的決定。

我氣母親這樣決定，但也許更多的是害怕，害怕狀況更糟、害怕失去，時間在此時的確是怎樣都不夠。母親說著：「妳不知道有多痛苦。」在離開醫院前我握住她的手，跟她講講話，她的手意外有力。

「不治療，便出院吧。」主治醫師來巡房時這樣說，「留在院內感染機會更高。」

隔一日，來到病房，我坐在陪病床上聽著母親的鼾聲。

這天早上，身心科醫師跟醫院中的牧師依舊都來到病房，聆聽母親說話。母親向身心科醫生抱怨我昨日與她就治療這件事爭吵，我在病房的另一側，想要把自己越縮越小，後悔那些脫口而出的氣話。身心科醫師離去後，母親說她不想吃醫院便當，想要吃鍋燒麵，我問：意麵還是雞絲麵？她說：「意麵。」

她跟看護一起下樓買午餐的鍋燒麵，但回到房間後說她頭痛、頭暈，打了抗生素點滴後就先躺著休息，鍋燒麵擺在一旁，逐漸冷去。我吃完母親原本的醫院便當，聽著她的鼾聲，覺得也想睡，索性翻起床邊書，想著原本應該啟程就讀的國外行程。在那之前，我正戀戀不捨台灣的生活，沒料到下一秒就是在這裡繼續度過意外的人生。

護理師拿來出院的文件，我收拾住院時用到的物品、衣服，準備出院。母親躺在床上，聽著手機中電視劇的聲音睡去，如同她的日常生活。

出院第一天，進門後，她攤在自己的沙發上，看著手機與電視，好似在此時才能夠真正休息。午餐時間與她到附近點了盤燙青菜與水餃，兩個人一起吃著。回到家裡，母親的朋友到了，她聊天、也把家中的東西一個一個清出來，熱水瓶、保溫瓶，與一些堪用的東西，都帶去外婆家給她的母親。

她也把一些東西送給朋友，其中還包括小時候帶著我去東京迪士尼時買的米妮抓癢手把，我不知道母親抱著什麼樣的心情送走這個充滿回憶的物件。

也許這一次生病，讓她捨棄了許多。我這樣想。

出院後，我仍與母親有過幾次很大的爭吵，如今想來，都還是會隱隱刺痛著。

儘管母親說不治療，但仍願意回門診追蹤，而主治醫師希望她繼續療程，因為母親尚未到無法醫治的地步、年紀也不算大、生活也能自理。

「要不要試試看呢？」

母親總說：「再讓我想一想。」

只是，母親並不是全然地放棄活下去這件事。

出院後，她開始用手機看起網路上各種治療癌症的影片，許許多多治癒的見證與說法，她還自己去醫事檢驗所拍X光片，想要拿去門診給醫生看。聽人說多吃牛肉好，她便會去百貨公司地下街點一份牛排自己吃，然後用Line拍張照片傳來給我，要家人們別擔心。

有些時候，母親會跟朋友出門聚會，她說中午還是有乖乖吃外婆為她煮的午餐後才出門，還說在超商聚會時她偷喝了一碗統一泡麵的湯。她說：「好好喝，但不能常喝，偶爾喝一口還行。」

最令她想念的味道是這個平常、便宜的味道。

如果這樣的日子能繼續就好了。

半個月過去，母親逐漸開始出現手術前走路不穩、頭暈、跌倒踉蹌的症狀。她也說右手逐漸使不上力，總是依賴用紙筆記錄的她，如今連自己的名字都寫不好。儘管她總是不願相信腫瘤在她的體內，或者相信這些療法便能夠戰勝腫瘤，但卻依舊無法。

母親仍不放心接受放療與化療，因此有朋友帶著她去中醫診所，開來兩罐藥粉，上頭寫著母親的名字以及「中風、癌症」。一日，走路更加不穩的她，又有朋友想載她去就醫，車子就停在樓下。

我問：「要去哪？」

「朋友要帶我去吸氫氣。」

聽聞吸氫氣，我彷彿理智斷線，更多的，可能是感覺自己被母親背叛。我希望她到醫院接受治療，而她選擇了相信其他的方式。母女倆紮實地吵了一架，互相責怪。

許多未曾聽過名字的療法一個個進入母親的生活，她仍看著那些影片，起床時泡一杯有機穀類，午餐時吃進許多蔬菜，並把魚湯好好喝完，總是告訴自己「沒事的」，但出院一個月後狀況並未好轉，而是更加惡化。

因此，母親自己掛了放射腫瘤科，說下午要自己去看診，同時也掛了精神科，但她說大醫院的身心科實在太貴，想要去外面的診所看。她常常講成「身心障礙科」，聽得我忍不住想要糾正，就連在病床上時，也總是心心念念著出院後希望能夠申請到販售彩券的資格。

就在那陣子，威力彩累積到最高額的獎金，母親要我記得幫外婆買張彩券。外婆在開獎前，對著客廳的媽祖像說：「拜託讓我中。」然後放在媽祖跟前，便上樓洗澡睡覺。我想起母親腦出血時，也在病床上要我記得出門買張大樂透。要是有錢就好了，不用怕治療花費、不用怕拖累家人，到了此時，母親只能把希望寄託在這些事情上。

我感覺自己是被故事餵養的怪物，聽到人們的故事、看到自己的處境，有那麼一刻總會想要拿起錄音筆與攝影機記錄下這一切，應該要好好悲傷的時刻，我卻用旁觀者的眼光，試圖避開那些情緒。

我們都知道會有悲傷、憤怒、難過、後悔、遺憾，但若不讓自己沉浸其中，彷彿就能偽裝是他人的故事。

只是如今的我，就身在其中。

距離出院已經一個月過去，母親終於理解這些療法並沒有改善她的狀況，她點頭同意，接續未完成的治療。放射腫瘤科的醫師趕緊排定療程，在那之前，依舊要再做一次腦部的影像檢查，確認治療的部位。

檢查結束，等待看片，醫師趁著母親離開診間，打開電腦，調出螢幕上的腦部影像，原本的一顆腫瘤擴散出另外兩顆腫瘤，在小腦部位出現了三個陰影。

醫生說，真的是不做不行了。

於是，治療繼續下去。

交換日記

母親停止治療出院後，我拿出了一本全新的筆記本，寫下想跟她講、當面卻說不出口的話，每晚睡前放在她床頭，當作與母親的交換日記。她晚上讀完後會拿來給我，但因為手術後遺症，她無法拿筆寫太多字，總是嫌棄自己寫字不好看了，因此在這持續了短短幾個月的習慣中，她僅有寫下一次，是某次與我嚴重的爭吵過後。

小學的我也曾做過同樣的事，只是交換日記的對象可能是國小的好朋友，或是課堂上老師指定的同學，真正重要的事情，鮮少寫在日記當中。

真正的日記，是寫在一本有小鑰匙的日記本裡，只是那鑰匙如同虛設，其實也只是髮夾一撬就開的鎖頭。而我知道的是，母親常會打開那本日記來讀。她也常寫日記，在我國小時，便有印象母親收著一本日記本，她也不怕我讀，裡頭寫盡了失婚的怨懟、悲傷，她的痛苦。長大後我寫了一些文章，登在部落格與報紙副刊上，母親也都會去讀，甚至是Facebook上的動態，她都悉心按讚，始終是我的忠實讀者。

我想，兩個人的交換日記也許很早之前就已經開始。如今我提筆寫下日記，就當成是跟母親的對話與聊天。

嗨，媽，很久沒有好好跟妳聊天了，想說趁現在好好跟妳講話，關於一直以來，在心中的遺憾、難過，當然，還有心中的愛。

忍不住想起我們一起去日本玩的日子，兩個人一起睡、一起吃飯、一起出門，但我卻一直發脾氣，想來那是我最不能原諒自己的一件事了。

只是，也很高興有那麼一次，我們那麼貼近，妳也那麼快樂，就是我覺得最幸福的一件事。

雖然妳總是覺得我很辛苦、可憐，但我其實一點都不這麼認為喔！我覺得，我真的很幸福、也很幸運，能夠有妳在身邊，讓我看到自己是一個如何被愛的孩子，妳把所有好的都給我，也這麼樣的努力著，妳真的是我最自豪的媽媽了，那麼善良、努力，又那麼天真，想到都覺得不可思議。還有還有，請不要覺得自己生病是拖累我，我其實從妳打給我、然後回到高雄的這段日子裡，我都覺得：我好幸運。可以順利手術，找到生病的根源，仍有時間跟妳說話、生活，而不是在遙遠的地方，有一天再也說不到話，光是想到這件事，我就覺得自己真是太幸運了。

接下來的日子，還請多多指教了。

我們一起好好加油吧！

Penny 09.19

Hello，媽，今天一起去逛街，新衣服真的很好看唷！延續日本的話題，記得去玩的時候，妳也有買衣服給我。我以後還想買很多很多衣服給妳，等著吧！

每天一起吃飯、一起生活、煩惱大小事，真的是很幸福的一段時光，我忍不住這樣想著。

明天要做些什麼呢？光是想到就覺得值得期待，想帶妳到處走走、去教會、去看看好看的風景，光是這樣想，就會開心起來。

Penny 09.20

今天是不是有點累呢？我在尋找生活的重心中，打算上課、好好生活，同時也希望每天能好好地講話；但很常失敗，很多時候是不住生氣，希望妳能多照顧自己，不用逞強，可以不用總是這麼用力地去做每一件事，妳已經夠好了，妳是一個很好很好的媽媽，我想所有人都會這麼說的，妳也的確是。

我想起很多時候我過於獨立，是不是讓妳很受傷呢？其實在心中，我都是很依賴妳的，想著有妳在，好像就有了前進的力量。現在請放心讓我照顧吧，妳已經是足夠努力的人了，也是足夠善良的人，不用再害怕自己做得不夠好了。

妳很好，今天只想好好地向妳說這一件事，也很抱歉一直沒有跟妳說出心內話，關於妳是一個多好的媽媽。

要周末了，好好放空，放輕鬆吧！想一些高興的事，妳把我好好養到這麼大，真的很厲害。今天又是充實的一天，有好好吃飯、好好運動、好好完成了一些事，只可惜聊得不夠多，仍想聽聽妳的希望，妳喜歡的東西、事情、地方，會是什麼呢？我很喜歡天氣很好的三多商圈，散步在SOGO和新光三越之間，看著人們來來去去，吃一些小東西，也聽說駁二很舒服，不如找時間去走吧！

Happy Weedend!

中秋節快樂！

可以一起過節，真的是很幸福的一件事。

Penny 09.21

今天過得如何呢？

昨天上完法文課後，就很晚了呢，但在沙發上一起聊天的時間真的很棒！今天早上在二樓大家一起聊天、吃飯的時間也好珍貴，忍不住這樣想著，很幸福。

對了！發票對中兩張還是第一次！以前都沒有中過，甚至好幾個月都是槓龜的。昨天在圖書館看到的書，講到快樂的方法，其中一個就是相信一切會越來越好，我想就是如此吧，會越來越好的！連沒有偏財運的我都能中獎了。

謝謝妳，把我帶到這麼大，也謝謝妳，教會了我這麼多事，人是如何的善良、家人有多重要、還有尊重每一個人的生活和選擇，真的是很寶貴的一課。

Penny 09.26

母親寫下的日記：

我並不是不在意妳，就是太重視，所以一直在委屈自己，從小到大我一直活在陰影中，記得嗎？在妳爸偷我許多錢，我曾載著妳去三鳳宮，他在地上賭博、在鋼珠店賭，我心死了，說什麼都沒用，錢找不回來了，也拖著妳一起自殺，是妳苦苦哀求不要死？我為了妳再活下來，每天承受爺爺奶奶的折磨，終於妳長大了，也是爭口氣。我感謝妳，以有如此優秀的女兒自傲。

走清算的兩年內，很辛苦，尤其最後一年。當了三年清潔工，是我人生中最自卑的低潮時光。

從我生病入院，經過開刀後，無法寫字、走路，逼自己努力做復健，終於可獨立做家事，我很高興、自己佩服自己。

可是從小就怕看醫生、打針，其實以前就常常向老天爺求早走，脫離痛苦，不要拖累人。好走是每一個人的期望，可能上天聽到我的心情，讓我生了這麼大的病，感謝！

這段日子，我很幸福

有女兒的關心，媽媽及家人的關心、幫忙

尤其是不用再辛苦地從事勞力工作

我很滿足

我不想再躺在病床上

如老天爺要讓我活下去

就想為社會盡一分力

也希望能再賺錢

我不喜歡向人乞討

尊重我吧！

我過一天賺一天
快樂的過日子
電療、化療我真的很怕
有些痛不欲生
字太難寫了，見諒！

媽 10.14

忙了幾天，好好休息後，想起的是媽以前工作的景象，在夢時代的玩偶裝裡，有許多小朋友去敲打外頭罩著妳的玩偶，那時似乎有許多人不忍看，例如舅媽，她有些心疼，而我也總是不太想想起，那個努力、辛苦工作的妳的背影。

記得在初知道生病時，我有很大的難過在於：沒有讓妳過上好日子。都辛苦了那麼久，為什麼老天還要讓妳生病？我想讓妳過得好啊，一直都這麼想。

回想從小，就看到妳努力的模樣，對人善良，有股傻勁，像頭牛一樣，也許該尊重妳的固執、懦弱、恐懼，丟開可憐的想法，妳是最好的，妳一定能過上想要的生活的，如同妳給我衣食無缺的生活，妳也應該好好享受、過生活。

仍有想一起去的地方，再一起出去玩吧！好好度過每一天，我也會唷！不會忘記善待自己，過自己想過的生活，享受每一個當下、每一刻的情緒、每一刻流經的風景與人。

昨天去嘉義，跟前輩一起採訪，下周要正式上工，覺得自己很幸運，一路都有人協助，給予力量。前輩在訪問時總是十分溫暖，每一個人都有故事，聽別人的故事，也好好地迎接自己的故事。我想，我的故事就始於妳吧，一個努力的母親。

親愛的媽媽，愛妳唷！

我們還要說很多的話，一起吃飯，一起去到許多地方。

Penny 10.18

毀壞

我伸手探到水裡，浴缸中的水仍是溫的，想母親大概是剛離開家裡不久。早上她找來熱水器維修的師傅，把租屋處已經故障多年的熱水器換新，零零總總花了一千多元，她收好收據，記上一筆。

這幾年間，她都洗冷水澡。

「不會冷。」當我帶回電熱器，想說冬天可以給她用時，她總這麼說。

經常都以冷水淋浴的她，終於能夠好好地泡個熱水澡，在浴缸旁，我彷彿能聽到她浸到水裡發出舒服的喟嘆。

這七、八年間，她住在這樣一間房子裡，裡頭堆置著她從上一個家帶來的物品，那是與我相關的物件，我的年歲有多少，那些物品就存在多久，就如同我是她孕育出的成果一般。這些東西也銘記了她作為一名職業婦女的過程，有業績報表、有在賣場行銷商品時的贈品，還有開始做清潔工作後的用品，除此之外的物品是租屋處本來就有的二手床墊、沙發，沒有對外窗的浴室有著發霉的天花板，壞掉的抽油煙機則是用報紙跟垃圾袋包起來。其他可以修繕的，像是燈管、水龍頭、水管，母親會去五金百貨買回來自己替換；壞去的電視就買二手電視機來頂替；而損壞的物件她會收好，或是留著購買替換品的收據，並將損壞處照相示意，跟租屋的契約與每個月電匯的收據一起放好，等著哪一天搬離後，再跟房東報告。

日常的居處都有著各種耗損，更遑論沒有人居住的房屋只會耗損得更快。身體也在日常的磨耗中，一點一滴邁向終點，只是很多時候我都沒有察覺。年紀輕的時候，只消睡好一覺，那些不適就會流逝，再多長年歲，吞服一些藥物，就能治好。然而無論怎樣使用身體，都將抵達身體停止運轉的那一刻。

「自出生就是對死亡的準備。」在一篇報導中，達賴喇嘛會這樣豁達地面對生老病死。而凡夫俗子如我，則得花費許多力氣去學會。

母親重新接受癌症的療程，腦部的放射線治療、身體部分的化療，我說服自己相信只要接受治療，這一切就會受到控制。畢竟有這麼多對抗癌症的成功案例，我告訴自己，要相信我們會是幸運的那一群人。

不然，也不知道得怎麼繼續走下去。

每次回診，我跟母親便一起到公車站牌等車，她戴著帽子與口罩、拄著拐杖，緩慢踏上公車，醫院的站一到，便跟著看病的人潮一起魚貫下車。

公車的行經路線，也是過往的生活範圍，會經過我所就讀的國小與國中。跟十數年前比起來，圍牆矮了，有些店面換了，但街景還是熟悉的樣子。

我們在公車上搖搖晃晃，閉口不提過往的事，母親與我都同樣想念曾經的家，在那裡我學會行走、識得文字、騎腳踏車、開了第一個戶頭，都在這一塊街區，與母親一起。

住院那段期間，為了打發時間，我總是帶著電腦，一日，放在椅子邊緣上的電腦險些滑落在地，母親皺眉叫我小心一點，我倔強嘴硬地回：「壞了就再買新的就好。」如同衣服破了、起毛球就換一件，電子產品要是跟不上速度就被汰換掉，生長在這個時代裡，看似很容易捨去許多事物，但也許只是不懂得修補的力量，永遠都有新的東西可以取而代之。

母親則是沉默不語，像是在責怪我的浪費，我忍不住湧出了一絲罪惡感。

網路論壇上，總是會有著「為什麼要放棄治療呢」的句子，我想正常、健康的人大概總是會這樣想吧。

常有朋友捎來的訊息是「媽媽有好一點嗎」，是這段期間內，我最難回答的問題，看著問題許久，我想著什麼樣是好？有治療、有進步就是好嗎？心情愉快就是好嗎？

也許仍擁有今天就是好的。

幸運的是，腦部的放射線治療並沒有帶來太多的不適，完成了十三次的腦部放射線治療，是眼下唯一能做的，雖然不保證能夠完全去除母親腦部的腫瘤，但總比沒做好。我總是這麼想。

解決了腦部腫瘤，剩下肝臟的腫瘤，我們再度回到醫院的血液腫瘤科門診。

醫院每日都充塞許多病患與家屬，看診前，抽好號碼牌，就要先量身高體重以及血壓，再到診間門口插入健保卡報到。有時會等上一陣子，前面幾次門診尚未開始化療，母親還有力氣與人交談，跟其他病患一起討論生病多討厭。

母親在診間跟醫生討論是否要化療。醫生看了看生活尚能自理的母親，認為仍有嘗試的機會。

「阿姨，我看妳這樣不像不能做的樣子呀！」

站在一旁陪診的我，也因此感到安心，相信一切都仍有好轉的可能，用醫藥控制腫瘤的成長。

在確定要執行化療前，需要先做肝臟的超音波以及抽血檢查，因為母親有B肝帶原，得定時服用B肝藥，是長達幾個月的慢性處方籤。肝膽腸胃科醫生再度提起超音波照到的腫瘤，也重複了一次要不要進行切片、以及肝部的腫瘤也可能是他處轉移來的、身體可能有其他癌細胞等話題，聽到這些，母親怔怔地問：「醫生，我還能活多久？」等到出了診間，我們又被叫回門診，醫生像是知曉眼前病人的崩潰，改口說：「也可能就只是肝臟這一顆。」

隔日，血液腫瘤科回診，母親又忍不住問了醫生：「我還能活多久？」醫生說：「這個我也不知道。」彷彿能看見醫生口罩後的苦笑。

開始化療後，母親時常在位子上打盹，出了診間，便認命地躺上化療室的床，進行長達四個小時的化療時間。

化療室裡總是安靜的，只有機器的低頻聲跟呼吸聲、佐以打呼聲，偶爾才會被儀器的嗶嗶聲響打斷。護理師們在機器聲響起時會前來查看，除此之外加上冷冷的空氣，有種寧靜感。

施打化療針的疼痛，總是讓母親皺眉、緊閉著眼，有時候護理師也找不到母親的血管，要花許多時間下針。從其他病友那知道裝設人工血管會減緩不適，因此請主治醫生安排了手術。雖然不是個大手術，但母親仍緊張了一個下午，也在手術室裡花費了比其他人還要久的時間。出了手術室時，護理師解釋：血管比較細，所以時間比較久。母親則是虛弱地抗議，不是說是個小手術嗎？按著左胸，護理師囑咐著傷口的照護。當我們回到家裡時，都已經是晚上十點了。

幾次化療後，母親感覺不太舒服，嘔吐、排便不順，整個人無力，都是療程可能的副作用。負責煮飯給她吃的外婆感到困擾，問我該怎麼辦？我買了些營養補充品給母親，然後提議直接買一箱？母親說不用了，一瓶一瓶買，發票還能兌獎。外婆聽了，忍不住發出一種好氣又好笑的嘆息。

母親休息的時間越來越長，剛出院時還能興沖沖地整理家裡、做家事，但等到腦部腫瘤開始影響到行動後，她至多只能在沙發上滑手機、播著她喜歡的音樂聽，偶爾想要獨處時，就到附近的公園曬太陽。

母親的話越來越少。

不想自己只是個病人，某天她一時興起，說要炒飯給我吃，便起身炒了加上醬油的飯。站在冰箱前，外婆問她：「要放什麼？」她說：「蛋，跟一些高麗菜。」

把假髮跟頭巾拿下來，穿上圍裙，站在廚房裡炒好了午餐。因為放療或化療的副作用，母親說吃食都沒有味覺，但還是把碗裡的炒飯吃完、加上清燙的蘆筍跟玉米筍。

出門前，她問我：「撐得下去嗎？化療真的好辛苦，不是開玩笑的。」然後努力忍住眼淚，但眼眶早已經紅了。

我說：「可以的，撐過去就好了。」帶著笑容這樣說著。

我相信，我是這樣相信的，非得這樣相信不可啊。

新年快樂

小學時，學校除了流行養蠶寶寶作為功課，讓小學生家裡的冰箱總是冰存著滿滿的桑葉；同時，在校園圍牆外，也會有攤販賣著天竺鼠、寵物兔、寵物鼠，吸引小朋友的注意。我曾經在那裡瞞著母親，偷偷買回一隻黑色的小老鼠，放在寵物箱裡，鋪上木屑，養在房間的櫃子裡。一個人待著的時候，看著牠，就像是有了夥伴。

直到有一天，我回到房間，要餵食牠的時候，牠已經閉上眼睛，沒有呼吸、動也不動了，就像睡著一般，冰冷而僵硬。我呆住了一陣，那一瞬間似乎腦袋斷線了，不知道過了多久，等到腦袋重新接上，我找了個漂亮的盒子，將牠放進去，埋在國小的校園裡。

在那之後，我不太願意讓動物進到生命裡來，因為我知道最終都會變成那個冰冷僵硬的模樣。

那天早晨，我傳了 Line 跟母親說：「新年快樂。」

而那則訊息，始終沒有出現已讀。

電話怎麼播打都沒有人接聽。客廳裡沒有太多的跡象，只有空氣中有著淡淡的木質調氣味，有些冷，而我當時只以為是冬天的冷。遍尋不著母親，我終於推開浴室的門，母親就躺在那裡，雖是白天，但燈亮著。

我喚她媽，但沒有回應，伸手碰觸時是已然僵硬冰冷的身體，我忍不住顫抖起來。播打電話，電話那頭的人喚我去摸母親的脈搏是否還在，我還記得我說：「已經硬掉了。」

然後哭泣起來。

這樣的一刻不知道停止了多久，接著是嘈雜的人聲，警察、急救員，還有接到我電話而趕來的家人朋友，在那之前急救員已經請我簽下同意放棄送醫，警察前來核對我的身分，我從放在母親身旁的腰包裡掏出她的身分證，遲遲沒有人接的手機也在那其中。

在這群人裡，最早到的其實是里長，她過來擁住我，說一切都會沒事的，然後遞了張葬儀社的名片過來。等到嘈雜的人聲靜默下來，不相干的人都離場後，只剩下家族中的人們，等著我決定要找哪間葬儀社，不下決定就無法繼續眼前的步驟。葬儀社的人抵達，他們看了看舊大樓的電梯，說擔架會進不來，問母親體重多少，我說：「五十五公斤。」這陣子跑醫院時，都得先量體重。「那用抱的好了。」葬儀社派來的接體員有兩名，壯碩的男子跟瘦弱的女子，他們踏進房門後雙手合十向母親點了個頭，然後用經幅與棉被包裹住母親的身體，抱起她下樓。

上了車，接體的車子有股熟悉的味道，抵達殯儀館後，我才確定自己是在哪裡聞過，就在見到父親的殯儀館裡。無論是哪裡的殯儀館味道都相同，冰櫃中淡淡的、想要掩蓋住死亡的奇異香氣。

方才沒有到場的親戚，也都在殯儀館等著了，有從台北搭上高鐵趕緊下來的，有好幾年沒見、令母親作保擔負債務的家人，彼此在此處相見。禮儀師說著接下來的行程，明天得先做完筆錄，然後檢察官相驗、確認死因後，才會開立死亡證明，而儀式才能憑藉那張紙開始動作。

這一切都得我來才行。禮儀師在旁邊叮嚀著，我是母親唯一的女兒，其他如阿姨、外婆都只能從旁協助，甚至身為長輩的外婆都不能經手。

「告訴媽媽，要進冷氣房了。」

從車子下來後，我站在一旁看著接體員的動作，另一邊傷心欲絕的外婆想要湊過來看一眼她的女兒，但禮儀師想了一下，說：「還是請她先不要過來吧。」我因此對著外婆的方向大喊：「阿嬤不要過來！」

在冰櫃前，禮儀師指示著，要我看一下頭上的監視器鏡頭，然後跟我一起將母親的口袋淨空，拿出了一張發票跟鈔票與零錢，以及拿下母親臉上的眼鏡、手腕上的手錶，請我收好，並確認母親身上沒有其他貴重物品。

沒有了，就是這些，我點點頭。母親緊閉著雙眼，看起來真的很冷。

我拎著禮儀師用塑膠袋裝好的母親遺物，離開殯儀館，整夜無眠。

隔日，再度回到殯儀館，等檢察官叫喚母親的名字，要家屬到簡易偵查庭裡，我重複道出怎麼發現母親的過程，而從母親口袋中取出的發票，也成了證物，影印交上去。

發票的內容是：龍眼炭、點火器、火種、烤肉網，還有水晶肥皂。購自附近走路可抵達的小北百貨，我看著那張發票上的項目，陷入長考，不曉得母親為什麼買水晶肥皂，也想知道她是抱著什麼樣的心情在小北百貨裡取下這些用品。朋友解答了我的疑惑：「買水晶肥皂，只是為了不要看起來太像要燒炭吧。」

檢察官仍不忘問起其他細節，像是浴室有沒有用膠帶封起、有沒有外力破壞的痕跡，然後沒有太多疑慮就得到了一紙證明，上頭寫著：自殺、窒息死亡。

而母親的靈堂也在這時設立好，前一天晚上帶去的大頭照，也已經洗好輸出成遺照擺放在靈堂中央。當日下午，則是短暫回到母親躺臥的地方，法師帶著引魂的工具，並要我跪在門外，拿銅板擲筊，請母親的魂魄入住牌位，我擲出了三個聖筊，一切都順利進行著。

母親生前的心願是樹葬或灑葬，在出院後，我曾故作輕鬆地與她聊起這個話題，問她想要葬在哪好。彼時，高雄僅有的是樹葬園區，在申請樹葬前得先辦理除戶，我帶著死亡證明、母親的身分證與健保卡，踏入戶政事務所，一紙除戶謄本就這樣開立下來。櫃台人員問我：「證件要留嗎？」我說，好。然後踏出戶政事務所時，拿著剪去一角的身分證，眼淚才終於流出來。

過了幾日，我跟葬儀社找來負責清潔的幾位年輕人一起回去，他們穿著全身黑的裝束，儘管沒有明說，管理員也明白他們是要前往哪個樓層。他們帶來各種清潔用品，還有鹽跟擴香用品，比起清理所謂的事故現場，他們其實更像是來做居家清潔的，還把浴室清掃得比先前還要乾淨。

他們收起母親周身的物品交給我，是她的藥袋、診斷證明，我在一旁審視著，看有什麼重要的資訊，但怎麼看，都沒有她留下的隻字片語。

我承認我是有點失落的，不知道母親到底最後一刻想些什麼。那一周，我依舊回來拿取母親的衣服，要跟著她一起化掉、帶走。每回來一次，都添增些許失落。

直到儀式結束後，準備把遺物全數清理、捐贈，找來其他家人當幫手，我再度回頭翻找，在母親平常睡的床頭櫃旁找到了兩張紙條。

就是它了。

「她應該知道妳會回來整理這裡。」大家就在旁邊，看著我打開紙條，讀著。

母親的字跡有些混亂，她說生病太苦、不想拖累我，她依舊愛我以及家人。我把這張紙條收起來，像是母親依舊在我身旁，對我說這些話。

母親沒有留下什麼財產，僅有的也只是債務協調後餘下的數字，法扶會的律師在上香時前來提醒，記得去辦理拋棄繼承。母親租屋處的房東同時也捎來訊息，問我願意花多少錢買下母親過世的地方，因為這件事等於讓他的房屋頓時折價不少。承租了近十年的這間舊大樓公寓，母親始終都一手打理，也同時堆積著她生活的所有痕跡，等到清理完母親的所有遺物後，我滿懷歉意地領出一疊現金，交付給他。

「對不起。」我說。

在申請除戶證明時，早已一併印出了國稅局的遺產清單，上頭是一片空白。母親會隱身在政府找不到的角落裡過著領現的生活，直到走過債務清理。法扶的律師協助整理出她的債權以及她的收入，母親因為擔任保證人而負債，雖然是她還不出來的數千萬金額，但法院來回加總後仍有需要償還的金錢，而母親名下早已經什麼都沒有了。

名下僅有的是一台二手的摩托車，在她送醫時，就被留置在她上班的地方，取回來後暫時放在機車行，直到蒙上一層灰。這些儀式都走完後，我才回到這台摩托車的旁邊，取下車牌要做報廢。前來回收的業者打開車廂，裡頭沒什麼重要的物品，但放著母親桃紅色的外套。我是記得這件外套的，幾年前帶她去日本玩時，她就是穿著這件外套，留下了許多照片。

我拿起外套，裝進袋子裡，回收業者向我要存摺封面，說可以退三百元，我說不用了，就收走吧。

我看著摩托車運上貨車，母親曾經騎著這台車去工作、買晚餐給我吃。等到法院寄來拋棄繼承的公文、到監理站把摩托車的牌照報廢、把掛在母親名下的手機門號與第四台解約，處理完這些後，距離母親的離開已經過了半年。

而今，在日常運行的國家制度裡，母親就與我無涉了，緊急聯絡人的電話也得換上其他的親人，從此，新的一年，好像才緩慢地拉開了序幕。

入夢

班傑明，我們注定要失去所愛的人，否則怎麼會知道他們對我們有多麼重要？（Benjamin, we're meant to lose the people we love. How else would we know how important they are to us?）

——史考特・費茲傑羅（F. Scott Fitzgerald）〈班傑明的奇幻旅程〉（The Curious Case of Benjamin Button）

有幾次，在凌晨時分醒來，因為夢見了母親，但不是愉快的，夢裡的我非常悲傷。我忍不住憂心地問朋友：該怎麼辦？

朋友說：我想，媽媽大概是想要妳好好照顧自己吧。

年節時分，我對起發票，裡頭積聚著亂糟糟的生活時分，沒有太多時間收束混亂。

我的偏財運始終沒有很好，連續好幾期槓龜是常有的事，這次在近百張的發票裡，卻難得地中了一張。定睛看了看明細，是母親過世前我去旗津散心時順手買回來的八吋波士頓派。那是頗有名氣的伴手禮。我拿著一整盒蛋糕回家，想為母親與疾病奮鬥的生活增添一點樂趣。波士頓派就放在冰箱中，外婆不太愛吃，勉勉強強吃了一塊，就再也不碰。剩下七塊，我當早餐吃了兩天，還剩下五塊，眼看就要到期。雖然化療中的母親總說她沒有太多食欲，但還是吃了四塊，最後一塊則是我在母親的面前，當作早餐吃完。

她對外婆說起我：「她跟我一樣省，不願意浪費食物。」

買回來的波士頓派一百五十元，這張發票中了兩百元，我想，多的五十元就當作是媽媽給的紅包吧。

母親的禮物，我相信是這樣的。

什麼東西可以帶給自己快樂呢？買新手機，出門購物，也規畫了幾場旅行，人們說：日子總要過下去。

儀式進行之外，還有許多待追趕的日常，沒有留下太多悲傷的時間；只有回到一個人躺在床上直瞪著天花板的時刻，腦海中才不自覺重播起同樣的畫面。

推開門，母親躺在那裡。

每重播一次，都是同樣的視角，直到大腦願意拉開距離，彷彿能夠看見那個當下的自己。

不是夢，每一次我都如此跟自己確定。

過去，在念書或是工作階段壓力大時，我總會做起同樣的夢。夢裡頭我的牙齒或脫落、或碎裂，可能是一顆或是整排牙齒，但終歸都不是令人喜愛的景況與感受。醒來後上網鍵入「掉牙齒、解夢」一類的關鍵字，出現的結果更是令人憂心。

東方認為這與親人逝世有所關聯，掉的是上排或下排也表現了親疏遠近；西方則認為齒落暗示了自我閹割、心性逐漸成熟。但也有令人安心的解釋，同樣經歷過牙齒矯正的人，似乎也總是受牙齒緊箍的經驗所包圍，因此做起這樣的夢。

每一次，我總是選擇相信較為樂觀的面向，但其實心裡依舊隱隱有些不安，因此傳訊息、或打電話確認母親無恙，甚至是高雄氣爆時，也不顧深夜地打回去。也有過幾次，在母親尚在時夢見她過世，夢裡的我哭得甚是傷心。

自小我也總是會在心中預想母親死去的景況，因而落下淚來。母親因著工作的緣故，時常在接近上床時刻還沒回家。只要電話接通了，我就會感覺安心，但若是播打數通電話後依舊無人接聽，年幼的我便會嚎啕大哭；不用過多久，就會聽見家中鐵門打開的聲音，是母親回來了。這樣的儀式屢試不爽，我似乎有一段時期相信母女連心，只要哭泣母親就會趕回來。

沒有事，如同做了幾次這樣的夢之後，母親依舊平安，發來寫著「感恩」、「平安喜樂」的圖文訊息，像是在過去的 e-mail 時代，母親總會轉發些養生信件、網路笑話一樣，我們仰賴這些方式確保彼此無恙。

直到這樣的訊息不再來，直到就算我再嚎啕大哭，母親也不會回來。

外婆總是說，在母親走後，她近乎無眠，也不知道為什麼，母親也不入她的夢。

「也不來給我看一下。」外婆用台語這樣抱怨著。

年近八十歲的她，作息是早早關燈上床睡覺，天亮時分醒來也是家常便飯；但母親離開後，她轉醒的生理時鐘被撥得更早了，常一個人躺在床板上好幾個小時，望著依舊漆黑的房間，直到天明，不知是否在想念生病期間與她同室了數個月的女兒。早已邁入老年的她，帶著動過手術的膝蓋，獨自一人坐在巨大的透天厝一樓，望向細窄的巷道，一日復一日。我總是提醒自己記得偶爾回去看她，重複這一而再、再而三的對話。

而我總是不敢向她提起夢見母親的事，或許我傾向相信，那不是母親，僅是自己的思念。比起殷切希望母親入夢的外婆，我更希望母親可以放下罣礙，不再流轉於人世，畢竟此生她已足夠辛苦。

夢見病容的母親，端著食物要我吃下，夢裡的我甚是無助，似乎尚未知曉母親離開，只知道母親仍為疾病所苦。醒來後，我說給有同樣親逝經驗的朋友聽，友人們聽了這樣的夢，直覺性地回答，藥懺不是都做了嗎？怎還是這樣呢？

若只是儀式中的一碗藥湯，或許無法完全清理母親深瘀的傷。在她身旁的我們、禱念再多的經文，也只能緩慢調撥時鐘、翻去月曆，無法與逝者仍在的時間做比擬。母親曾存在這世界上數十年，幾日、幾周的告別亡者儀式，稀釋不了那些曾在的時刻。

我其實也不是那麼清楚，母親入夢究竟是好是壞，但我只希望閉上眼睛，就能看見母親的笑容，而不是那一個傷心的時刻。

遺物之書

有被記錄下來的，才算是真正發生過。（Scribere necesse est, vivere non est.）

——茱迪思．夏朗斯基（Judith Schalansky），《寂寞島嶼》（*Atlas der abgelegenen Inseln*）

清運公司傳來空無一物的房屋室內照，我想：啊，就是這樣了。

客廳的沙發、電視櫃、桌子、冰箱，以及房間裡的床墊、床架、窗簾，到廚房的流理台、瓦斯爐、抽油煙機，悉數消失，只剩下牆的四角。

「再見了。」我看著母親生活的痕跡，知道就此告別與母親一起生活的時光。

在有些地方，會將逝者的東西全數燒去，連照片也不例外，我想大概是要讓生者不再罣礙。而有朋友叮嚀，在七七四十九天內，可以以母親之名布施，物品、金錢，都可以。

「這是我們最後能為她做的事了。」

返回家鄉後，斷捨離過一波，母親的、自己的，有些是趁她住院時清掉的，在環保袋中搜集來的衛生紙、竹筷、吸管，標誌著讓人不忍心的節儉；有些則是在母親出院後跟她一起攜手處理掉的，可能也是出自於丟棄母親東西的罪惡感，也把自己的書賣掉了上百本，以及許多不合時宜的衣服，全數淘汰掉。

彼時正在流行的斷捨離書籍，告訴大家要把東西揣在懷裡，若沒有怦然心動的感覺，便心懷感激地與之告別、丟掉。

說不上那樣的斷捨離方法有沒有用，因為整理遺物的過程，就像是把有感覺的部位悉數割去，不能有太多感受，否則永遠都結束不了。堪用的物品，便捐給回收站，鍋碗瓢盆、櫥櫃、民生用品，甚至是未拆封的衣物、不知道為什麼有許多個的電熱水壺，或是那些擁有記憶的物品，小時候曾經見過的衣帽架、跟著母親許久的傳真機、一起出國旅遊買的紀念品，都選擇不再留下。

來幫忙整理的親友為了不讓氣氛憂傷，看著母親買的許多夾鏈袋、垃圾袋，語帶笑意地說：「妳媽真的很會買捏，」但旋即轉為苦笑，「不用這麼節儉也沒關係啊。」

裝箱，用封箱膠帶黏上，以麥克筆寫上內裝何物，不要的物品則是放進黑色大垃圾袋。

人生最後所擁有的物品，只剩下丟掉、捐掉、留著，這三種選項，而且數量逐漸遞減。

這段期間內，大家多多少少都捎來安慰訊息，「妳這樣是最好的。」比起臥床、長年的照護，母親做了最好的選擇，對她自己、也對妳。人們這樣說著。而我端看著收拾過後、重新安身立命的住處，感覺自己什麼都不想要了，物品以及金錢帶來的是空虛以及遺憾。

許多時候，我寄居在外婆家的小房間裡，那曾經是母親帶著新生的我寄居之處，同樣的磁磚、電燈，但如今對外窗已經用報紙封上，隔壁的建築緊緊貼著牆壁，成為一個外頭陽光照不進來的房間。床單已經洗過，登機箱裡放著我的衣服，基本上都是黑色的，那陣子在靈堂前，都穿著這樣的衣服。

總是要搬出去的，找一個自己的地方。因此我再度瀏覽起租屋網站、網路社團，只想要一個地方可以安放自己，越快越好。

我用最快的速度在一周內找到了新的住處，有著已經簡配好的家具。我感覺自己其實並不缺少什麼，只要有一張床、一扇窗、一個浴室，然後有網路連線，就能稱之為家。朋友們陪著我去逛IKEA，我想著的只有簡單的生活器具，以及早些捨棄的物品如今又要再買回來，似乎有些可笑，因此認為自己不需要買什麼生活雜物。但朋友拉著我，依舊在購物車裡放入腳踏墊、簡單的碗筷、一只垃圾桶，回到家裡時，至少可以好好擦乾濡濕的雙腳。

以為自己可以什麼都不需要了，但在日常裡，仍有些必要的消耗。

——洗衣

洗衣機的聲音響著，獨占了整個空間。最後那一天，我把衣服丟進去，想著要洗乾淨。找到母親後、在等待葬儀社的人繼續程序前，仍有最後的理智要將洗衣機裡的衣服撈起、晾乾。儘管腦袋一片發白，卻依舊內建了不讓一切更糟的反射動作：不想在整理遺物的過程，還得分心洗衣機中濕透的衣服。

距離那日的幾個月後，在陽光極好的這一天，將床單、被單、枕頭套一併丟入洗衣機，然後披掛在陽台的椅子上，想來是令人舒心的一件事。事實上，南部的陽光從未讓人失望。

而我想起母親，有一次她在教會中向其他姐妹說著，還要替我做家事、洗衣服，所以不能垮掉，不能生病。在一旁的姐妹說：她終究要成自己的家，終究會學會這些事情。

是的，我想，母親終於從她這樣的身分卸下，不再為女兒操勞了。洗衣機的聲響停了，我起身，拿出裡頭的衣物脫水，日常的這些舉動都像是在向母親告別，成為兩個獨自的存在。

——廚房

只要我返家，儘管下班時間再晚，她都要炒一盤菜、或是熱一鍋湯，甚至是買外面的便當重新擺盤。我會邊吃邊笑著說：「妳不是要我減肥？怎麼又給我吃這麼多。」

在母親留下來的筆記本中，她抄寫著許多食譜，那些菜式我一道都不會。自炊的生活裡，也多是煮些簡單的麵、燙青菜或煎肉排，電視機或電腦螢幕裡發光的影像，比菜餚還要吸引人。

看著電腦畫面裡日本偶像吃著鹹鹹的梅子，湧上一股酸鹹感。我曾在租屋處的冰箱裡擺上一盒，是母親寄上來的包裹中安放著的梅子，我曾疑惑沒有出國的她，是怎麼擁有這些日本食材的？直到在她住所附近的百貨裡看到異國食品展，心中約莫有了答案：自己一人在百貨中逛著高級或是陌生的食材，想要試試看、想嘗試更多的味道，因而買下，也想著要與我分享吧。

酸鹹感又再度湧了上來。

——衣櫃

悲傷總是來得有點慢，例如，窩在沙發上看合購版時恍然想起，不知道跟母親去京都玩時買的那個牛皮背包上哪去了，清掉遺物時沒印象看見，可能再也無法覓得，那扇門已經緊緊掩起。比起怦然心動地斷捨離，現在感覺更加深刻的是如何不感到疼痛地捨棄，以及珍惜留下的物件，但不執著，知道這一切終究都會失去，卻也不輕易放棄。

母親的衣櫃裡有幾套好的套裝，本想著百日時化給她，但最後仍是猶豫了，因此就帶在身旁。她已經許久沒有穿過那些衣服，那是在她意氣風發工作時買下的吧，或是她想著要去應徵體面工作時穿的，只是有些從未穿到。平常僅穿 POLO 衫、排汗衫，搭上黑色長褲，腳踩著我買給她的運動鞋，她還囑咐著不能買白色的，因為做清潔工作時容易弄髒。

而母親送過我幾次衣服，是從成衣賣場買來的，或是百貨中沒有見過的小牌子，尺碼總是不合身，卻也捨不得丟，因此我搬了幾次家，都還是帶上這些吊牌未拆的衣服。在把母親的衣服捐出去時，我也一併將這些衣服裝箱寄出，不再徒留好幾年都沒穿的服裝。

極簡主義愛好者之中，有人拍了一部紀錄片，跟他們的網站同名，裡頭總是提到一句話：「愛人，以及使用東西，並非全數地捨棄或完全不購物，而是好好使用每一個生活中的物件。」（Love people and use things, because the opposite never works.）

舊照片

選了一日，一口氣掃描好手上的舊照片，那是母親許久之前就整理成相本、放在行李箱內，早早就交付好的存在。不只是照片，還有著我自國小開始的獎狀與文件，直到我碩士畢業那一天。

好像日子就停留在那裡了，在那之後，我去了哪裡？畢業後，工作浮沉，閒暇時出國散心，投身戀愛，母女之間的聯繫轉為網路上的相處、數位的相紙。

這些相紙吸納了碳的味道，不只是記憶與時空，更成為氣味的載具，彷彿又回到母親離開的那一天。還真是 4D 啊，忍不住跟朋友這樣說道。有些相片已經遭白蟻啃噬，母親搶救下來，我想像著她珍惜地放入相本、夾鏈袋、鐵盒、行李箱的畫面。

許多時刻我都已不記得，包括五歲時去到東京、河口湖以及迪士尼的照片。相片替我記得，母親也都記得，我放進掃描機裡，讓數位的訊號代替我記得。

這陣子以來，我很怕睡著、或看人睡著的模樣，那就像是我早已經預習許多次母親的死亡，躺著、眼睛就再也沒有張開了。但當那樣的畫面真的來到眼前時，當下只有停不住的眼淚。到現在依舊每天重播這樣的畫面。

也許仍有些快樂的事。掃描了三百張舊照片，原以為此生再也找不到父親的照片，但裡頭仍存著幾張與他的合照，還有一張全家出遊的照片，儘管彼時大家都已經破碎，我還曾經在母親與父親吵架時拿出剪刀剪去全家福，留下我與母親的半邊。

我記得母親的美麗，照片裡也是如此。如果母女之間勢必爭論，我想她是贏的，她年輕時的美麗我完全看不到車尾燈，也服氣她總是嫌我胖。

放舊照片的盒子，是我參加高中同學喜酒帶回來的喜餅盒子，裡頭還掉下了幾根母親的頭髮。我知道是她的，因為總是比我的頭髮還要來得細軟。蓋上蓋子，我知道這就是所有了，而我終於悲傷起來。

日子持續往前推進，每一天醒來，知曉自己生命又將延續的那一刻，我想起有人曾這樣囑咐過我：不要責備活著的自己。

結束儀式、收整遺物、打包自己，從寄人籬下到在陌生但屬於自己的床鋪上醒來，一切依舊很不真實。緩慢起床、出門吃早餐的途中，想起袁哲生〈父親的輪廓〉：「好好活下來，不一定要在意別人的話，人生有時候要走自己的路。」

SPA

總有些時刻，會讓人想起已經遺忘的事物，稍一碰觸就像穿越劇一般，意外地在那樣的當下，與母親曾在的時間點接軌了。

門是開著的，脫下鞋子放進鞋櫃、換好室內拖，我走進寫有美容美體招牌的工作室，對著前來迎接的人說：「我有預約。」

綁著髮帶、身上透出精油香氣的芳療師說：「沒問題，先在這稍等。」指向一處安適的沙發，一旁擺著矮桌，同時端來一杯熱茶與熱毛巾。「毛巾比較熱，要小心，」她說：「今天預約的療程是女子護理對吧？」然後她開始解釋起今天會進行的課程內容，問著平時身體上容易不適的症狀。「稍等一下喔，我先上去收拾房間，上一個客人剛結束。」

喝著熱茶，看著周遭的客人跟芳療師對話，我便滑手機打發時間，過一陣子後她走下樓。「我們可以上樓囉，我走前面。」

這樣一間獨棟的房屋裡，有許多房間，掛著不同的名牌，房門前若有著拖鞋，代表有人在裡頭進行她的療程。跟著芳療師進到房間，水氧機已經開啟，燈光微暗，讓人有些睏倦，房間中央的床上鋪平著全白的毛巾。

「那就麻煩先沐浴一下了。」她緩緩退出房間，掩上門。

只剩下自己一人在這陌生的房間裡。

褪去衣物，洗淨身體，全身僅著一件紙內褲，通知芳療師自己準備好了，她一來便指示著躺上按摩床，並且在身體蓋上毛巾以及熱毯。因為面朝下，只能用聲音辨別她的動作，以及用嗅覺跟觸覺來感知一切，她似乎正倒出精油、移動腳步，然後手掌緩緩貼上我的後背，溫熱、深層地揉開身體積聚的氣結。

忍不住深吁一口氣，原來 SPA 是這樣的感覺啊。

檢察官與法醫相驗後，確認母親的死因無他，待到死亡證明開設好，葬儀社也早已經準備好了。

在殯儀館，禮儀師拿來清單時，上頭已經列有許多必須的儀式要走，但同時也有一些「客製化」的選擇，其中一項，是問我們要不要做禮體SPA，也就是在入殮前為往生者做淨身SPA，禮儀師拿來iPad，上頭有著真人影片demo，影片中強調三點不露，家屬還能在旁全程觀看。就這一項，我有些猶疑，問了有相同經驗的友人，得到的回覆竟是覺得這一項花費十分「值得」，除了淨身、化妝外，還縫補了亡者身上的傷口。

「還有我們的。」友人說。

老實說，當下有點意外是這樣的回答，本以為僅是禮儀社的噱頭，往生者真的能夠感受到那樣的手勁嗎？但忍不住也想知道是怎麼回事，所以多答應了這一個項目。

傳統習俗裡，雖不必把整個七七都做完，但頭七與尾七還是得象徵性地做。葬儀社排好時間，其實也不到兩周，就要送走母親。如今雖已經不用守靈，早晚的拜飯其實也有葬儀社可以協助，但在那段時間裡，卻仍想每天都到靈堂前跟母親打招呼。

家族中能夠持香的，也僅有我，其他長輩僅能合掌，白髮人送黑髮人的狀況下更得有人陪著長輩，才能到靈堂後方看冰櫃中的母親。

每天抵達的第一件事，便是拿起牌位前的兩個十元硬幣，這是僅存能夠與母親溝通的管道了。燃一炷香、開新的水瓶、擺上紙蓮花，等燃香到了一定高度，便扔擲硬幣，問母親是否滿意菜式、吃飽沒、可否化掉這些紙錢。

原先很不習慣這些儀式，不知道是換水盆先、還是拜飯先，忘記開一瓶新的水，有時還會忘記擲筊就先把紙錢端走，我忍不住會想，若母親真的在靈堂前的話，大概會邊吃邊罵我吧，覺得這女兒做事魯莽。

幾日過後，這些儀式成了日常的慣性，空閒時刻想拿起硬幣跟母親聊聊天，卻也不知道開口要問些什麼。

「這下子妳高興了沒？」雖然很想這樣問，但最後可能會從他人眼中看見我在靈堂前瘋狂丟硬幣與母親吵架，母女之間的戲總是可以演不停，很親近卻也時常互相厭棄。

不如就問問她想吃什麼吧，然後買來靈堂前。雖然每天的素便當看起來並不差，但每天都吃便當應該也會膩。我在腦海中搜索起母親喜歡吃的食物，那些她提過的、或我以為她喜歡的。

「想要吃越南麵包嗎？」

想起母親總是喜歡吃新住民煮的菜，然後外帶一個越式法國麵包回來。

沒有筊。

「還是要吃麥當勞？」

這麼療癒的食物，應該想吃吧。

沒有筊。

「肯德基？」

「丹丹漢堡？」

依舊沒有筊。

「想要吃阿嬤煮的東西嗎？」

沒有筊。想想也是，她最討厭年近八十歲的外婆還要替她操煩；她生病時寧願自己下廚，也不要麻煩他人。

此時有人提議，問問看母親要不要吃披薩？我忍不住有些發噱，竟然是要吃這麼有派對感的歡樂食物嗎？

好吧，也可以問問。

拋出硬幣，心中默想：「要吃披薩嗎？」

結果，硬幣一正一反，聖筊。

打了電話到最近的披薩店，外帶一個大披薩，分給在靈堂前的友人們，外婆坐在旁邊，看我們一群年輕人吃著披薩，靈堂前也放著一塊披薩。此時，外婆像是想起了什麼，對我說：「前陣子，妳媽媽有說好久沒吃披薩了。」

那時我正拿起披薩附餐的薯星星，有些傻眼，真這麼準啊。

我知道母親有把手機中的照片洗出來、放在相簿中好好收藏的習慣，那多是對她而言十分重要的時刻，例如養了多年的狗過世、或是很多時候我傳給她的自拍照，她都洗出來放進相簿中。在相簿裡，其中有一張，就是她買了披薩、替外婆慶生的照片。

如今只要看到披薩，我就會想到這張照片，以及在靈堂前母親的點餐。

想來靈堂前的氣氛，其實多是這樣歡樂的。畢竟，母親應該也不想看到大家哭哭啼啼，就連在告別式那日，都提醒自己要打理好外表，別帶著哭腫的眼睛，要好好地送母親最後一程。

那樣一天到來時，已經有心理準備，會是漫長的一日。

清晨時分，天還未亮，進行SPA的禮儀師們就已經在殯儀館就定位，前一日母親已從冰櫃中拿出來，身體已經退冰，禮儀師褪去母親原本身上的衣服，放在大澡盆裡。進行SPA的人員喚我過去，打開一盒精油，要我選給母親的香味，還有指甲油、唇膏顏色。心想，都這種時刻了，是不是也要丟個硬幣問問看她，但母親就這樣躺在上頭衣不蔽體的，大概也不想回答我的問題吧，因此我自作主張地挑選了玫瑰的氣味、少女乾燥玫瑰粉色的指甲油。

兩位人員忙前忙後地張羅著，動作輕緩，然後拿起蓮蓬頭，開好水，喚我過去，將我的手放上蓮蓬頭，前後移動，象徵性地是我洗了媽媽的腳，替她濯足，報答她的養育之恩。

我往後退下，讓她們繼續動作，整個過程中，我直挺挺地站在那裡，眼光無法移開，想記得眼前的每一個場景與細節。看著母親躺在那裡，禮儀師洗淨她身上的每一寸肌膚，因為退冰，身上的肌肉軟了許多。其實，母親躺在那裡的模樣簡直就像只是睡著一般。她們替母親周身抹上精油，畫上眉毛、唇膏，穿上我替她準備的衣服，戴上假髮，就像是生病前母親的模樣。

封棺入殮前，我或跪或站，依照指示，要牽母親便伸出手，碰觸她戴上手套冰冷的手，從她手上接下紅包，象徵手尾錢。在棺木中放上許多要跟著化掉的，例如紙蓮花、元寶、小型庫錢、以及幾棟手拼的房屋、與母親的合照，最後放進去的，則是一封我寫給母親的信。

人們來來去去，靈堂從前幾天就開始擺上花籃與輓聯，這些物件的存在就像是為了這一天，雖沒有發訃文，還是有些議員、地方仕紳前來上香，以及母親的高中同學、親友，甚至是僅有幾面之緣的教會，都前來致意。

儀式走到尾聲，剩下就是親族的事了。

披著麻帶著孝，站在靈堂前往外看，我面對著大家，深深一鞠躬，也像是代替母親感謝大家的到來。

其實，在送走母親的這些過程裡，我並沒有像其他人一樣有過什麼感知，也未曾入夢、或聞到什麼馨香。走過這一輪，儀式的存在更像是無形中修補生者的傷口，就像是躺在 SPA 床上，一雙雙輕柔撫過的手，揉開眉心的緊繃、散去埋在心裡頭那些看不見的瘀傷。

一個小時的課程裡，芳療師的手勁不可小覷，她或輕或重，力道剛好地搓揉開了筋骨。我將頭深深埋入按摩床的頭孔，彷彿這樣就能穿越至與母親一起的日子裡，那一個自母親體內湧出的時刻。

髮的記憶

在母親過世後，日子如常。

吃飯、走路、洗髮，這些是生活的慣性，只是每一個動作總讓我想起母親。一旦母親的模樣浮現在腦海裡，這些動作儼然就成了復健，得想法子努力不被情緒縈繞，或是就乾脆讓情緒包圍一陣。

手術開刀後的住院期間，母親大多時間都待在醫院裡的物理治療室，每天照著課表努力復健。她所進行的復健都是十分簡單的動作，常人輕易就能達到，像是拿筷子夾起跳棋從一個碗放到另一個碗、或坐在椅子上往下反覆拉動繩子；只是這些動作母親做來緩慢而吃力，治療師則在一邊囑咐母親這樣的動作要做數十次，重複再重複，但母親都未曾厭煩，鍥而不捨，她總說：「只要復健好了，就要出院繼續工作。」

在復健室裡，她是最年輕的那位。

離職後，從北部回到南部的日子裡，多是在醫院與住家間奔波，並偶爾做些採訪工作來維持收入，也藉由他人的故事從現實中短暫逃離，想像自己能進入他者的人生。回過神來，發現自己已經幾個月沒有上髮廊整理頭髮，不擅長綁頭髮的自己，因而將長髮一口氣剪短至肩上，也不留下瀏海，想的是可以好一陣子都不用整理。

距離最近的一次剪髮，是在母親的告別式完，回到殯葬處的停車場，禮儀師對著我說：回家後，可以剪個頭髮。隔日，就被家人抓去理容院，把頭髮修得更短、更齊。

想起自己頂著這樣的髮型，也經過七、八個月了，母親在病房時總會說：剪這麼短，看起來就像個大學生。她向看護說著，我本來不是這個模樣的，是神采奕奕、化著妝，在台北已經畢業、工作好幾年了，是因為她生病的緣故，我才成了這個樣子。

告別式時的短髮，都已經長到了肩上，長短不一地參差著。我意識到該處理外表，便預約了平日早上前往附近的髮廊。這種時間會出現於髮廊的，似乎都是附近社區的家庭主婦們，初次見面的設計師似乎也誤以為我是社區裡的主婦，屢次問及「小孩多大了」，我忍住笑意，本來不想戳破，打算編織答案虛晃過去，但想著要是再假裝下去，她可能又要再問上一次，這下子我得從哪編織起這樣的人生？

因此，我坦白說：「我還沒結婚哪。」

話出口的那一刻，兩人對著鏡中的彼此相視而笑，都感覺到那樣的尷尬。所幸這樣的尷尬在設計師細心上卷子的機械化動作中逐漸消散，化為耐心等待的平靜。

「先上羊毛氈。」設計師對著一旁的助理交代，然後對著我說：「我們先上第一劑藥水，是阿摩尼亞，味道會比較重。」

好的，沒有問題。我說。

母親很愛燙鬈頭髮，因為她天生細軟的髮質，使得髮量看來稀少，所以她十分依賴鬈髮，在中年後她總是維持著鬈髮的造型。

年輕時她常換髮型，在抱著三個月大的我的照片中，母親是一頭長鬈髮加以空氣瀏海，在這個時代簡直是復古到不行的美。再多過幾年，母親則是剪成一頭俐落的女強人短髮，跟那時的美鳳有約一樣，許多時刻兩人說不定還真有些神似。而我記憶中維持最長的模樣，則是母親燙著的那一頭中長鬈髮，無論過多久，她都會定期去把那鬈度維持住，儘管是要去做清潔員的工作，也堅持要洗好、吹好頭髮再出門。

那樣的一頭鬈髮，如今在病房床上的洗頭槽裡，用電動剃刀一刀刀剃掉，為了開腦手術的預備，必須除去頭髮。母親有些捨不得，甚至流下了眼淚，但也靜靜地讓洗頭的阿姨繼續動作。

剃完後，我對著母親說：「妳的頭型好好看啊。」渾圓的鵝蛋頭形，可不是每個人都能夠擁有的。在這之後來探病的親戚朋友們，也總是會稱讚著母親的新髮型，多像人間菩薩啊，以類似這樣的話語來安慰母親。

手術出院後，頭髮稍稍長出了，短短刺刺的，就像個小男孩，但母親總嫌棄這樣的髮型。「難看死了，」她說。從未有過的髮型令她難以接受，因此出門總是戴上漁夫帽遮掩，其實多數時間在家她也總是戴著。有次忘了戴帽子出門，走過社區中庭，她露出怯弱的、如獸一般的表情，說：別人看她的眼神，就像是知道她是個病人。抱怨後，她摸摸自己如同刺蝟的頭髮，苦笑了一下。

待到腦部的放射線治療開始後，皮膚雖然沒有起紅腫潰爛的副作用，但那些原本長出來的男孩短髮卻開始一落一落地掉下，然後是大把大把的，一抓就掉，坐到沙發上，她拿掉頭上的漁夫帽，頭頂已經光了一塊。

我說：沒關係，我們去挑頂假髮吧。

因此打了通電話預約假髮試戴的服務，在一個晴朗的午後，跟母親一起搭公車到租借假髮的地方，那些由真髮所製成的假髮多半是提供給癌友的。母親不願意我們花錢在她身上，我跟著志工對母親說：「沒關係的。」然後志工拿起推剪，剃掉母親頭上坑洞般的短髮，這一次，她已經不再抵抗。

在理髮處的牆面上放著好幾頂假髮，從長髮到短髮都有。「大多數人都會挑短髮回去，因為比較好整理，」志工解釋著。「也有有瀏海的版本喔。」

母親的眼神投射過來，問我：「妳覺得哪個好？」

我看著一頂頂細緻的髮型，有浪漫的長鬈髮、內彎鬈髮，甚至還有一頂有著現下時尚的空氣瀏海。

「都戴戴看呀。」

拿了志工所推薦的一頂耳下短髮，沒想到母親一戴，臉就皺了起來，說：「我好像豬哥亮喔。」

我忍不住笑了出來，「那就換一頂吧。」

看著母親一面試戴假髮，我在旁拿起手機記錄，還用美肌軟體套上了濾鏡。

母親最後選定的是一頂中長髮加上齊眉瀏海，戴上後，她點點頭，有些羞澀地轉過來問意見：「好看嗎？」

「好看喔，」我說，「笑一個。」然後按下手機的相機快門。

我把母親面對鏡頭露出笑容的照片傳給朋友們，沒想到第一時間得到的回應是：果然是母女。我下意識摸了摸我的短髮，與母親的長髮相距甚遠，友人在照片中，是讀出了怎樣的相似呢？

母親把假髮輕柔地擺到紙袋裡，還有用來罩住頭部的髮網、幾個志工車縫的帽子，這樣天氣太熱、不想戴假髮時也能夠有替換的帽子。母親緊緊抓著這個紙袋，繼續前往醫院，進行接下來的療程。

有幾天，儘管沒有要出門，母親還是戴上假髮、畫了口紅，像是她年輕時熱愛打扮自己的模樣。微鬈的髮尾癱在母親削瘦的的身體上，掩蓋在衣物底下的是甫裝設好的人工血管。

疾病的進犯總是靜寂地到來。

接續在手術後的放射線治療以及化學性治療，讓母親更少言了，不若復健時以為只要出院就能重返工作崗位，如今體內的腫瘤侵噬著她的氣力。

與母親的頭髮一樣細軟的，還有她的血管。化療藥物才打了幾次，就越來越難打進身體，每一次都在化療床上折騰著她以及下針的護理師，因此最後主治也認為裝設人工血管是個好選項，在轉診單上寫下了Port-A。預約好後，原以為簡單的外科手術也耗時了一個晚上，結束後母親顫抖地走出手術室。雖說是小手術，但局部麻醉、切開皮膚、置入、縫合的每一個細節她都深刻感知。

只是，裝好的人工血管用不到幾次，母親便離開了，一整袋替代的注射座也都尚未用到。原先預約的化療回診時間到了，母親並沒有回診，主治醫生的當診護理師打來，我對著電話那頭說明原因，護理師說：「知道了，會轉告醫生。」母親的療程就此結束。

漫長的儀式來到最後一日。那天大家都早早起來，在日出前完成母親的淨身。封棺前大家放入的有母親的物品、嶄新的紙紮金融禮盒（還有著旅行支票、悠遊卡之類的電子票券）、許多紙蓮花，最後則是禮儀師為她畫妝、戴上那頂假髮，讓家屬們見完最後一面後，便一起隨著火燄噬去。高溫之後，不只是假髮，其餘的物品什麼都沒留下，只能當作是母親隨身帶走了，全數也僅留下淨白的骨頭，研磨成灰後裝進紙袋，葬進母親指定的園區，化為自然的一部分。

「時間到囉。」

設計師跟助理來到我的旁邊。

「我們先冷卻一下髮卷。」

吹完冷風，設計師與助理一同拆下卷子以及導熱的羊毛氈。燙一次頭髮，總是可以花去一個下午。在漫長的等待中，頭髮裡的蛋白質會因為藥水與熱度破壞鍵結，以利製造新的鍵結、重新連結，讓頭髮中的鍵結產生嶄新的記憶，纏繞出新的鬈度。

此後不管怎麼吹整或清洗，多少都會保留著今日燙鬈後的模樣，除非剪去，不然這頭鬈髮可以存在許久，偶爾在地上散落著，卻也不至於全數消逝。

「我們先沖個水，」助理把熱敷的毛巾蓋到我的眼睛上，「妳可以先休息一下。」

我閉上了眼，然後想起母親，那一頭蓬鬆的鬈髮。

這一站下車

使用了十六年的高雄火車臨時站，終於拆除了。兩層樓的車站、加上前方的公車轉運站，是高中時等公車熟悉的處所，排長長的隊伍、魚貫上車，這樣的景觀在許多人的心目中，幾乎就等同於高雄火車站的模樣，因此，很難想像這其實只是個過度車站。

拆除過後，車站便跟捷運一樣蟄伏在地下，有著巨大的站體。只是，等到高雄市區的火車真正地下化、臨時車站也終於拆除的時候，母親已經不在了。跟著充滿回憶的臨時車站一起消逝的，想來也有母親的肉身，那個需要走上天橋才能抵達後站的年代也就這樣過去了。

而我是到那時才因為工作頻繁地搭起火車。對於我的高中同學們而言，有許多是從屏東通勤到高雄來的，火車是他們再熟悉不過的存在；但我卻連南下、北上都得看熟一陣子才明瞭。

拆除的前一陣子，與火車共構的捷運車站已經先行完工，要前往醫院時，我總會跟著母親一起搭捷運。某次母親問我：「新站的火車便當要上哪買？」我在她旁邊，朝著遠方說：「就在那一側。」她點點頭。只是在那之後，她沒有買過任何一個台鐵便當就離開了，而我也像是要逃避那段期間搭捷運的記憶，不太願意走近火車站，就連台鐵便當也無法帶來任何食欲。

當時的工作是要到各個火車站隨機訪問路人，尋找各種故事，並跟著他們回家。每一次出採訪的日子，總會先搭上火車，到目的地的車站跟攝影記者碰頭，夾好麥克風、掛上記者證，守在檢票口前，物色每一個出站者的面孔，揣想他或她的故事，然後走近、搭訕起頭，表明來意，讓對方卸下心防。

在月台上等車時，可以聞到空氣中揉合的各種氣味：地下室柴油車的味道、便當的味道、一旁旅人身上艾草的味道，夏天時則是混著蒸騰的汗氣。

在見不到太陽的地下化月台上，突然想到還有人記得張秀卿的成名曲〈車站〉嗎？已經是二十年前的歌曲了，六〇年代的ＭＶ，打在現在的螢幕上，畫質更加模糊。都市中的火車地下化後，等車的感覺像是捷運，在人煙稀少的月台上，我前往工作的方向。

在每一站，會遇到怎樣的人？

前幾次的採訪，總是奇妙地遇見與母親有各種關係的受訪者，有男有女，但都用各自的方式愛著母親。有的是留在南部的少女，只為了陪伴母親的夢；也有窮遊世界各地，與母親相依為命長大的男子；或是北漂多年回到故鄉，跟母親一起生活的女子。他們似乎都在提醒著我，母親的存在。

百日後，我搭上高鐵前往台北，那個住了十年、以為與自己故鄉無涉的城市，一個人在疾駛的列車座位上，終於可以好好落淚，在陌生卻又熟悉的地方。

生活中總有些時刻，會讓我暫停手邊的動作與思考，例如吹完頭髮後，看見房間內電扇上綁著熊寶貝的香氛袋，非常確定那不是我綁上的，是母親。我彷彿能看見她的身影，又回到那個與母親一起生活的當下。

如果能停在那時就好了，但已經過了很久。

也許永遠都不夠久，那個時空依舊在那。

沿著火車鐵道前行，外婆也是這樣在鐵道上拉拔大一家子。她是生長在桃園的養女，很早就離開原本的家庭，在市場工作，認識了外公後，先抵達台南新化，成家後落腳於高雄火車站前的巷弄裡。彼時那裡是最熱鬧的所在，透天厝直直起，建了起家厝。外公做貿易，常常跑日本，因此打扮總是風流倜儻，會帶著舶來品回來，分給家中的兒女。而在事業有成之前，外婆則是抱著新生兒，搭火車、客運全省跑透透，到處收會錢，一筆一筆賺進做生意的資本，並不識字的她，卻能夠這樣走遍全台灣。

她一面工作，一面養大了幾個小孩，她常驕傲地說：「這些孩子，都是我奶大的。」

膝下兒女多，愛並非不夠，而是很多時候可能給得不平均。舊時代難免重男輕女，只因為與哥哥年歲相近、且身為女性，母親因此得讓出讀書的權利。儘管她有想念的學校，但因為花費較多錢，而選擇去了高職，畢業後就留在家中幫忙管帳、處理生意。看著其他的年輕人擁有想過的生活，自己卻圍困在這一處。

身為長女的母親擔下了持家、以及帶大年幼妹妹的責任，直至結婚，以為遇到了能夠讓她離開這一切的人。畫上妝、一襲白紗，許多親戚忍不住讚嘆母親生得很水，「甘納是影星一樣。」踏破瓦片、微微頷首，終於離開了原本的家。只是另一個家卻承接不了她，失婚的婦女帶著嬰兒，再度返回娘家。這使得原本的家感到顏面無光，潑出去的水竟又收了回來，小小的街巷裡，耳語總是流傳得特別快。

她在小房間裡，也是一樣奶大了孩子，自幼得不到的愛，她想全數灌注給這個唯一的女兒，不管別人怎樣嫌棄她，或得要忍讓多少的不堪。

那樣一間起家厝裡，是母親想擺脫、卻又唯一能夠歸屬的存在。沒有婆家，母親能夠倚靠的僅有娘家。儘管母親對重男親女的外婆有諸多怨懟，但下班之餘仍會回來陪伴外婆。她笑說：「只有我能夠容忍她。」她對於外婆的偏心，雖難過，卻也只能釋然。

母親失業的那陣子，外婆總是喚她回家吃飯，或蒐集好瓶罐、沉默且自然地遞給母親，讓她能有尊嚴地掙些錢，而不是得乞手討錢。

「媽，抱歉，我是個失敗的女兒。」母親最後對著外婆扔擲出這一句話，便前往她選擇的終點。而在白髮人送黑髮人的場景裡，過去十分強勢的外婆，如今像是鬆開了旋鈕般地脆弱。她看著自己未曾好好疼惜過、卻始終伴她左右的女兒，僅剩下難過。

百日前夕，外婆打來電話說：「我們明天嬤孫兩人去看妳媽媽。」

隔日，我先買好花、水果，與外婆一起搭上計程車，抵達墓園時，外婆微顫顫地下車，儘管多年前開過膝蓋手術，仍是抵擋不了年歲的增長。扶著外婆，外婆的手臂摸來十分冷涼，我看著她，年歲之隔以外，她也只是一個女兒的母親，努力地想要說服自己，女兒就是離開了，徒留遺憾。五十多年的母女情，她彷彿還是那個站在月台上、抱著女兒等車的母親，襁保中的孩子依舊是她的孩子，車到站了，只是女兒已經不在那裡。

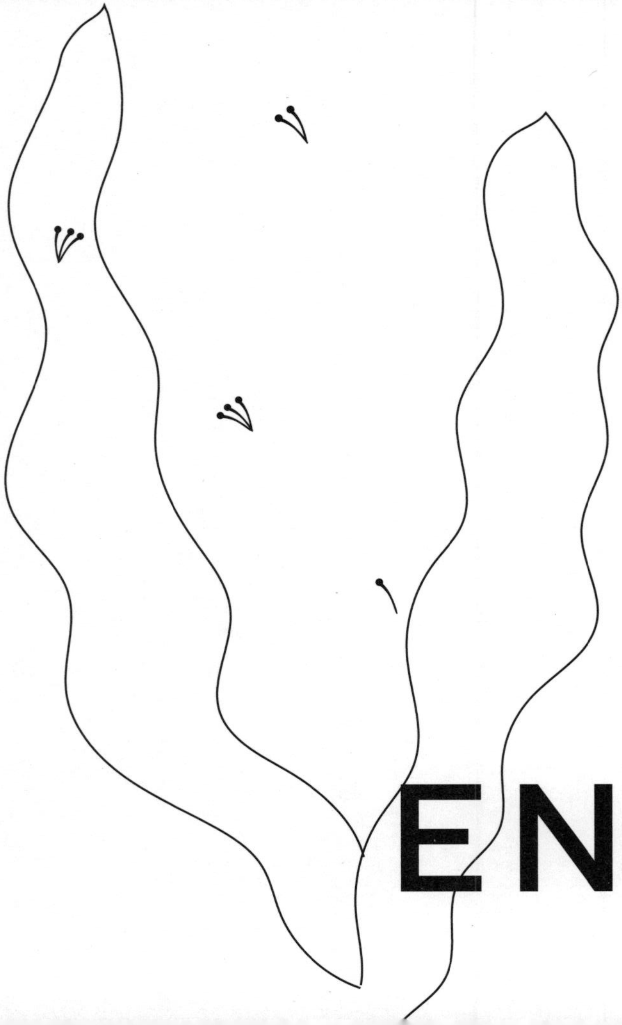

END

自己的房間

直到父母過世，我們才真正成年。

——亞歷山大·李維（Alexander Levy），《成年孤兒》（*The Orphaned Adult*）

母親過世後的那陣子重新上映了修復版的《霸王別姬》，重看後妳才發覺，小時候不懂的現在都懂了，也懂了張國榮那句：

「我一生沒做壞事，為何這樣？」

妳記得，母親最後一個月總是念著這句，也許奪去母親生命的不只是進展快速的癌症，更是她圍困許久的心理疾病，那些傷。

人生無他，成、住、壞、空，而妳始終在成與住之間擺盪不定，打包、搬家、找尋租處，或是為了追求更好的發展而不斷跨國移動，妳早已知曉我輩注定是異鄉裡的漫遊者。

妳到了大賣場裡閒晃，一旁的小男孩對著媽媽說：「馬麻，如果妳生病了，我會去森林裡面找藥，回來給妳吃。」

在那個一切都尚未清明的時刻，總相信疾病是可以被治癒的，有一個地方藏著一切的解答，只是隨著我們長大、學會在考卷填上正確答案之後，反而明白了這個世界上並不是所有的問題都有答案。

這一年裡，妳有許多時間待在咖啡店裡，因為在居處無法書寫，旁邊就放著妳跟母親的雜物，妳總覺得太過貼近，每敲擊一字都會驚擾她。一日，周五下班時間過後，妳依舊在咖啡店待著，看著一名女孩帶著她媽媽來到店裡，她正用筆電在工作，媽媽則是在旁戴耳機看著手機裡的影片，兩人並肩坐著、共吃一塊蛋糕。中途，媽媽不小心掉了塊在桌面上，女兒撿起來吃掉，見狀媽媽吐嘈說：「好髒喔。」

遲暮的時刻，整間咖啡店裡，只有妳跟她們兩組客人，母親與女兒，妳想起妳也曾是某人的女兒。

到圖書館，妳借了《成年孤兒》，試圖了解失去雙親的成年人會有的心理反應，同時在架上拿起了《溫泉洗去我們的憂傷》。翻開來，是郝譽翔講她父親自殺的事，透過文字，彷彿就能看見郝譽翔站在她父親的賃居處，望見已然冰冷的她的父親。整個大高雄區域裡，僅有岡山分館有著《我是自殺者遺族》，也用館藏調閱的方式調到距離較近的分館。

取書後，在館內妳找了個位置坐下，翻開封面寫著斗大的「我是自殺者遺族」這幾個字，妳忍不住轉了下頭、左右確認是否有人看見妳正在讀。書末的到期單蓋著每個借書者的還書期限，從民國九十八年跨度到一百零八年。十年前，也有人翻起這本書，不知道是為了研究所需、還是同妳一樣，想要找到一個答案，又或許是，不需要答案。

頻繁的變動，台北、高雄之於妳都像是曾經流淌過的記憶。都曾有過居所，卻也都未曾有妳的安身立命之處。

妳回到房間裡，又到了打包的季節，雖然還不知道下一個居處在何方，但已經到了快要出發的時刻，繼續那個被按下暫停鍵的、遠方的生活。

在這半年裡，妳總是拖遲著不願意整理的，是放著母親什物的箱子，以及放在尼龍袋裡僅存的母親的衣服。其他的生活雜物都在喪葬的儀式中化掉了，或是捐贈給需要的團體。事實上，那也不多，節儉的母親總是把衣服穿上許多年。打開來，依舊有著母親使用的洗衣精以及衣物香氛袋的味道，只是更浸上了一絲懷念。

整理過程中，妳忍不住翻閱起母親留下的文字資料與照片，以及在腦海中重複思索每一個場景與細節，生怕錯漏了什麼。妳一心想拼湊出母親生活的樣貌，妳想明白這一個人，她的生活、她的一生、甚至是她離開那一刻的所思所想；但妳也知道，自己是無法再向這位受訪者遞出麥克風了。

收整好這些物品，妳才有辦法繼續下一步，妳已經丟棄太多母親的東西了，包括她自己也在各種離散中丟失了許多：像是她的結婚照，一大幅的加框相片早已經消失不見；外婆給她的金飾也終有短少，不知最後是變賣去了哪裡，或在哪處的當鋪質借去了。母親離開了，剩下這些，就好好收著，而妳自己的物品也少去了許多，不需要多留戀。

回到自己的房間，母親的衣服跟物品，最後也只能填滿一個整理箱。盯著那個箱子，妳聽見自己說：我回來了。

跋　死亡迫使我們講話

印卡（詩人）

前些日子，我人正在東京國立博物館擠身人潮一探正倉院的日本國寶，同時館內也因應當時德仁天皇即位的大嘗祭，展出了相關皇室禮儀的文獻紀錄。二〇一九年平成年代告終結束，新的令和時代來臨。這股熱潮從東亞討論《萬葉集》的用典到一切古禮的細節不斷從電視螢幕與媒體報導，讓人不禁想著新時代的誕生不只是要用手指指出來，還要用上非常多手指。不過所謂新的時代，說到底，一切是未知的，反倒是被截斷的舊時代，就像是堰塞湖，看似是告別一切，卻以清晰的面目望著你，還可能帶來意外。歷史天使的模樣，往回看，有人說平成年代也正好是所謂的後冷戰時代。台灣歷經解嚴、柏林圍牆倒下、第三波革命、鐵幕政權倒台、俄羅斯解除報禁、台灣開放前往中國探親、全球化、東南亞金融危機、中國經濟起飛這些事情相繼而來。這是江佩津《卸殼》這本書後的大時代，也是豢養我們感官的歷史經驗。

說起來，九〇年代的常態就是一個以全球航空班機接起來的世界，我不久前的小旅行也是個例證。誠若小說家朵卡萩的《奔》（*Bieguni*）描述的世界變革，冷戰解凍的國界讓人自由了，《卸殼》這本書的回憶也發起於此處。佩津的媽，就曾在九〇年代擔任泰國導遊一度買了樓、撐起了自己的家，而這也是七年級末班車佩津的童年。我想起平常看到佩津日常追起了日本當紅的女子團體，也不免想起九〇年代的JPOP，小室家族的浪潮，讓台灣演藝界熱議的「唯一台灣弟子」Ring林榆涵，再到下個世紀初的早安少女組。台灣的哈日現象有跡可循，又有其後冷戰時代特殊的情節敘事默默地銘刻在我們的身體。當我翻開佩津這本新書，其中談到母輩的導遊事業開始下滑的段落，不免也讓我聯想起發生的時序極有可能也是亞洲金融風暴。當時泰國本身的餘波，終究還是造成台灣觀光業的重傷。金融危機對於泰國觀光業的負面影響不乏是觀光所帶來收入減少、觀光業失業人口增加、觀光相關產業收入下降。熊市邁步而來，一個在台灣南方的家庭也深受影響，童年的記憶一推倒，就成為了母女之間情感的印痕。

今天我們所謂的後冷戰時代，在台灣當然有一些主旋律，例如三十年來多次政黨輪替，進而穿梭過野百合、野草莓、三一八學運這些大節奏，有了後冷戰的台灣特殊臉孔吧。野草莓乃至三一八，是我們也是佩津涉世極深的事件。幾年前她也曾以文章寫下了士林文林苑都市更新爭議的散文。然而大歷史的視角中，廣袤人群中一個人的面目又是如何呢？遠方跳動著的光點，微弱看不見誰正踏在斑馬線上穿越馬路，誰又因為一通緊急的電話停在小綠人面前。日常將一切時代的步調簡化成早、中、晚，以其不能察覺的韻律帶動起來，百年前龐德寫下：「人叢中這些幽靈似的面龐，潮濕的黑色樹枝上的花瓣。」至今我們依舊有一樣的陌異感。《卸殼》寫的不是大時代的事件，而是母親走後不得不去面對內心的遺物。用心的讀者自然可以拉出一條台灣史的時間軸，對比《卸殼》中不再被刻意渲染的時代背景。於書寫中，佩津也毫不張揚她的時代經歷，有的只是突然間決堤的事件——生離死別，反映了時代的陰影、這場來得太急的變故留下的訝然。

佩津這本《卸殼》是關於亡母的敘事。不過這樣說來語氣可能太過冷靜。

也許我也得繞進我與佩津有關的記憶之宮。

我想想，我對佩津家裡狀況的印象其實不算深。佩津的媽媽幾年前在臉書訊息中留下了「嗨、嗨」試圖要交臉書朋友之時，我對她母親的印象就留在那裡。當時已經是網路移民時代的尾聲，許多家長們終於進入了臉書世界開始大量碰觸子女的交友圈。只不過，這個好友邀請我至今從未接受。關於食物，前些年佩津還住在頂溪的時候，她南方阿嬤寄來粽子與滷肉，有幾次機會我也成了恩澤對象。高雄滿滿是肉的粽子，雖然佩津笑說充滿普林（purine），但真的大開眼界。有一次也分食了她媽媽寄來的芒果青。偶爾去佩津住宿處喝酒聊天，除了開開自己家裡玩笑，其實她背後乘載的重負，我們始終不容易理解。去年有些日子常去佩津高雄家借宿，也是喪母以後的事了。閱讀起《卸殼》這本書，對於我這樣認識佩津有些時日的寫作朋友，也是闖進了她生命演示的後台。她不是不清楚愛的演示，然而，佩津在文章寫到：「芒果青包裹在塑膠袋之中，凍得堅硬，寄給我滿滿一箱、數量繁多，然後再囑咐我不要吃太多，像是一場詼諧的喜劇。」這是我們台灣人欲迎還拒的邏輯，手信的矛盾修辭。

在我們的友誼中，佩津的媽也是去年跨年時刻才真真正正闖進我們的生活中。當時佩津第一時間在臉書端傳來「已經硬掉了」，在網路彼端的我們也慌了。〈新年快樂〉描述著這太早來的意外，某種程度我想也是促成《卸殼》成書的根本起因。比起當時的慌張，與緊迫的民俗禮儀過後，〈新年快樂〉已經是一個整理好心緒的故事。但這些年來，我們朋友還是不時聽到佩津談起憶母之情。也許這段被哲學家德希達稱作「驚怖之謎」（mysterium tremendum）的死亡，在有著記者經驗的佩津筆下，不如《父後七日》情感渲染，顯得像是冷調的風景。這篇文章中，說明了《卸殼》中的自傳（autobiography）色彩以及如何從生命的偶然性擠出自判（auto-justification）的慰藉。死亡是一種「贈予的接受」，死亡是不解母親為何在購物清單上加上了水晶肥皂，死亡是逝者不再與我們對話。這一切都因為死亡而中斷了因果驗證的可能，也迫使了即使身為友人、讀者的我們，在這本書的終章不得不也問起自己生命的意義。我也必須面對那個永不再回應的「嗨」，即使它恆久存在於網路的某個儲存空間。

死亡迫使我們說話。死亡逼迫我們用盡一切接近這人類自身無法言說的經驗。為什麼我們始終需要一個答案?也許我們無能為力的時候還是有著偷天換日，tout autre est tout autre*的欲望。

我記得前些日子國內研究才談到了父母的婚姻狀況如何影響現在適婚年齡的婚姻觀點。而佩津媽媽的世代也正是台灣經濟高峰，女子有經濟資本高談離婚的闊氣新時代，一如日本女詩人也曾在泡沫經濟晚期，以自立、離婚作為獨立新女性的形象邁出文壇。我還想起，佩津談到那張母親照片中，俏麗的蓬鬆長髮，跟之前大阪登美丘高中跳舞部有著相似的氣息。波士頓派據聞是八〇年代大紅的西方洋食代表，會是佩津第一次生日的蛋糕嗎?而芒果青，又稱為情人果，也曾是八〇、九〇年代的流行小物，這份厚禮是否還帶著其他的意義呢?這些聯想不過以時代再次回敬著那遙遠的一聲「嗨」。

舊時代的堰塞湖在內心停在不知曉的遠方。《卸殼》這本自白之書佩津以自身的路徑試圖替突來的死亡事件留下註解，替這場告別、鄰近著與母親已經塗抹掉的痕跡，重新賦予自我的位置。所有的經濟行為在這本書中既是時代的殘忍，也是小人物透過犧牲展現了生命力的所在，閃現在工地、浮影於百貨公司。雖然我們始終清楚，經濟交換的虛妄，只不過給予一個人所剩下的、等同愛的魔效，也可以在那小小的發票上，重構了家政學的交換，召喚一個家。而夢中那堰塞湖只要夠遠，也可以是嘉明湖的想像幻境換取眼睛的思念，永遠的接近，永遠的距離。

＊註：法語的「每個它者是每個它者」（tout autre est tout autre），被德希達在討論死亡時來談死亡這個絕對它者不可能被更替的弔詭，並延義為每個它者就是全體它者的神學意義。

國家圖書館出版品預行編目 (CIP) 資料

卸殼：給母親的道歉信 / 江佩津著 . -- 初版 . -- 臺北市：大塊文化 , 2020.03
256 面；14.8×21 公分 . -- (Mark ; 154)
ISBN 978-986-5406-56-1(平裝)　863.55　109000793

MARK 154

卸殼　給母親的道歉信

作者｜江佩津
責任編輯｜陳怡慈
美術設計｜朱疋
出版者｜大塊文化出版股份有限公司　台北市 10550 南京東路四段 25 號 11 樓
電子信箱｜www.locuspublishing.com
服務專線｜0800-006-689
電話｜（02）8712-3898
傳真｜（02）8712-3897
郵撥帳號｜1895-5675
戶名｜大塊文化出版股份有限公司
法律顧問／董安丹律師、顧慕堯律師

總經銷｜大和書報圖書股份有限公司
地址｜新北市新莊區五工五路 2 號
電話｜（02）8990-2588

初版一刷｜ 2020 年 3 月
定價｜新台幣 320 元
ISBN ｜ 978-986-5406-56-1